U1070676

我在世界尽头等你

梦想不远，道路很长

许达/著

山西出版传媒集团
山西人民出版社

图书在版编目（CIP）数据

我在世界尽头等你 ：梦想不远，道路很长 / 许达著
-- 太原 ：山西人民出版社，2015.10
ISBN 978-7-203-09281-0

Ⅰ. ①我… Ⅱ. ①许… Ⅲ. ①游记－作品集－中国－当代 Ⅳ. ①I267.4

中国版本图书馆CIP数据核字(2015)第223931号

我在世界尽头等你 ：梦想不远，道路很长

著　　者：许　达
责任编辑：吕绘元
封面设计：殷志刚
版式设计：张静涵

出 版 者：山西出版传媒集团•山西人民出版社
地　　址：太原市建设南路21号
邮　　编：030012
发行营销：0351—4922220　4955996　4956039　4922127（传真）
天猫官网：http://sxrmcbs.tmall.com　电话：0351-4922159
E—mail ：sxskcb@163.com　发行部
　　　　　sxskcb@126.com　总编室
网　　址：www.sxskcb.com

经 销 者：山西出版传媒集团・山西人民出版社
承 印 厂：山西出版传媒集团・山西人民印刷有限责任公司

开　　本：787mm×1092mm　1/16
印　　张：17.25
字　　数：232千字
印　　数：1—5000册
版　　次：2015年10月　第1版
印　　次：2015年10月　第1次印刷
书　　号：ISBN 978-7-203-09281-0
定　　价：39.80元

如有印装质量问题请与本社联系调换

本书送给桃子，也送给路上的剑宁、老虎、孜孜、阿桂、叶子、Maco、双捷、宝哥、琪琪、小丽、默池、安安、Sara、高然、水、萧、佩佩、小茆、三月、伊森、娜塔莉、小邵、小蒋、Dan

也送给所有看到本书的有缘人

菩提迦耶

清晨是化缘的时间，施主们会带着鲜花和食品坐在大塔边上的栏杆前等待着经过的托钵僧人。

蒲甘

在等公交车时遇到了这位女士，我冲她指指相机笑了笑，她会意后就停了下来，当我举起相机时，她却腼腆地把目光移开了。

菩提迦耶

清晨在村子里的小路上与这对姐妹巧遇，姐姐拉着妹妹，边走边笑。

娘乌镇

早上去吃早餐的路上遇到刚刚化完缘的小沙弥们正要乘车离开。

阿姆利则

这是印巴边境的锡克教士兵。锡克教有尚武的传统，男人们个个高大威武。对于我来讲，该教最著名的形象便是航海家辛巴达。

阿姆利则

日出时分在金庙湖畔准备沐浴的教徒。

桃子，许达的女朋友。

所有风景里，我最喜欢你。

目录

第 3 章　逃离北印计划：谁没被印度折磨过 /105

前　言

我这样定义旅游与旅行的差别：旅游就像是一个梦，在梦里可以做光鲜的自己，总是很让人兴奋，即使不幸的是这个梦也会随时醒来，回到自己原有的生活轨迹；而旅行则现实很多，无论喜欢与否它始终都是生活的一部分，即使选择结束，它也已是你的过去。

我和桃子一直生活在北京，我们的生活轨迹是朝九晚五，每年只能利用局促的年假四处旅游。30 岁这年我决定做些改变，于是辞职开始了这段旅程。出发时规划了三个在我的愿望清单上停留了很久的地方：缅甸、印度和斯里兰卡，买了张 300 元从武汉离境的机票便上路了。

波澜不惊的旅行生活伴随着时间的飞逝而不停流转，直到旅行结束我才突然发现看似平凡的旅途却潜移默化地改变了我的生活轨迹。

回来后，我决定记录下旅行中的见闻，与桃子分享，与所有人分享。

很难说清喜欢摄影多一些还是喜欢旅行多一些，所以采用摄影游记的形式带诸位走进我们的旅途。讲述旅途中的遭遇与幸运、见闻与感悟。

第 1 章

蒲甘：只有日出与日落

02

一个 90% 的人都没有手机的国家

我好像经常会因为一张照片而决定去一个地方，这次去缅甸蒲甘也不例外。记得几年前在某地理杂志上看过一组蒲甘的照片，立刻就被那种远离浮华、至纯至朴的气质所深深地吸引。对于久在都市又向往清静的我来讲，蒲甘一直都是我心中的一块净土，很想在那里能停上一阵子。但由于工作总是应接不暇，一直未能如愿，所以辞职后我第一个要去的目的地就是蒲甘。

上班已经七年了，虽然早已习惯了领带的束缚，但心里一直都憧憬着，如果哪天有人能发我一个大包、一部相机，无论提供多少收入，只要让我不会为下顿饭发愁，我肯定会立马辞职出发，因为这才是我理想的工作。实际上，我并不知道有没有这样的工作，但有一点我敢肯定，这样的好事永远不会自己找上门来，有些事终究是要靠自己动手才能丰衣足食，所以辞职后我决定给自己安排这么一份理想的“工作”，姑且叫作“自由旅行摄影师”吧，就是爱去哪去哪，没人管也没钱拿的摄影师。

有了大包、有了相机、有了目的地，该出发了。

当背着 20 千克的大包站到缅甸曼德勒机场时，我才听说因前些天这里发生了佛教徒和穆斯林之间的宗教冲突，导致双方各有 1 人死亡，40 余人受伤，所以市区正在实行宵禁。

缅甸在我的印象中是一个全民信佛、民风淳朴得不能再淳朴的国家，要不是亲耳所闻，很难把这种极端事件和缅甸联系在一起。但不好的事终究是发生了，只希望能尽快平息吧。

虽然不清楚宵禁对旅行者是否有影响，但我还是开始盘算着只在曼德勒停留一晚，然后直接坐船去蒲甘。

在缅甸换汇很特别，和其他东南亚国家很不一样。这里只流通崭新的美元，而崭新的定义是没有任何褶皱、没有污渍，甚至没有使用痕迹的新，用北京话讲就是“茬儿新”，如果您手里美元的品相不好，是会被折价或拒收的。

对此我深有体会。最后一晚在仰光付旅店 6 美元（1 美元折合人民币 6 元左右）的住宿费时，没留意递过去一张略旧的 5 美元和一张 1 美元钞票，结果被旅店老板狠狠地瞪了一眼，那意思就好像我成心找事儿一样，然后低头认真看过手里的这两张零钱后，很严肃地对我说：“你这样的钱我怎么找给其他人呢，这个我收不了……”

缅甸机场的汇率很贴心，和市区几乎无异，所以一出关我便如释重负般地赶紧出手了一路上精心呵护的“茬儿新”的美元。

从机场出来拼车，碰到内向的本地大哥、爱抱怨的印度小伙子和没完没了唠叨的美国大姐，于是我们吵闹的旅途就这样开始了。美国大姐话多脾气也大，在车上 80% 的时间都是她在高谈阔论，其中的 20% 是她在数落司机开得快了、晃了、不认路了、没先送她等，我坐在后排虽然看不到司机的面部表情，但通红的脖子说明了他才是此刻这车上最抓狂的人。

美国大姐也很热情，听说我还没订酒店，便打听我预算多少。我随口说了个 20 美元，其实我连 20 美元都不愿意出，只是之前邮件随便问了几家的报价都是这个价钱。我想，到前台直接询价应该会更便宜吧。谁知道美国大姐一听，很惊讶地回过头看了我一眼，说：“Are you dreaming? Myanmar is opening！”（做梦吗你？缅甸已经开始开放了）然后停了一下，可能是自己剧烈的反应也把自己吓到了，又继续说：“前几年可能还可以吧，但现在不可能了。”还反问我：“你在北京、上海能住到 20 美元的房吗？”问印度小伙子：“在孟买可以吗？”印度小伙子说：“不行。”我心想，北京酒店是都不便宜，但也不见得就没有这价格，而且即使北京没有又怎么就能证明曼德勒就不能有呢？这反问的也太牵强了吧，更让我无奈的是印度小伙子也说没有……不过想到我过分有限的英文水平，我还是随便“嗯”了一下，专心看车外风景。

但美国大姐有句话我是很认同的——“Myanmar is opening”。这也是我一直以来着急来缅甸的一个原因，希望能在缅甸刚刚开放又没开放到太商业化前，来这里感受感受久违的淳朴。虽然不知道缅甸究竟开放到什么程度了，但我相信肯定还没到她认为的程度。

正在美国大姐喋喋不休地说着什么的时候，左边的本地大哥接了个电话，出乎我意料的是他居然讲的是中文。这让一直假装专心看窗外风景的我仿佛看到了一线希望，总算是熬出头了。等他挂了电话，我就特别殷勤地和他搭起话来，聊起来才知道，原来本地大哥是缅甸华人。看他用 iPhone4，我就夸他手机真高级。他听后很高兴地告诉我，他在当地是开手机店的，卖的主要是中国产手机，经常去台湾等地进货，这次就是刚从台湾回来。他还说现在缅甸手机市场很大，因为目前还有90%的缅甸人没有手机。我又跟他确认了一下，他很肯定地说：“是的，90%！”说到这，他脸上还洋溢出一丝喜悦，也许心里正在憧憬那巨大的市场呢吧。

我向他询问了宵禁的情况，他告诉我他所在的郊区没有宵禁，城里才有，嘱咐我只要晚上别出门不会有什么问题。他最先到站，下车前还反复帮我向司机强调我的目的地不是酒店而是去蒲甘的码头。

这肯定是旅店老板的阴谋

我打算先去码头买船票是因为在路上看资料说去蒲甘的船票是 30 美元，与我之前邮件询问酒店的 45 美元的答复相去甚远，所以才想先去码头看个究竟。结果到码头后我东奔西走地花了一个小时才弄明白是自己掌握的资料太过时了，目前码头的最低价是 43 美元。快船只有一个私人公司运营，淡季每周只有三班。公交船运虽然便宜，但只有慢船，多为本地人乘坐，至少要十几个小时。我虽然会为 10 美元自己跑一趟码头，但我时间有限，所以公交船运多少钱我都没问就赶紧打了个摩的去投宿了。

投宿的过程并不顺利，理想的住处都没房，我背着个大包在路上走了一个来小时，最终我的住宿标准还是向体力妥协了。妥协的这家旅店叫 NLYON ，前台小伙子带我爬了四层去看房。我空着肚子背着全部身家跟着他，等爬到四层我就完全没有再回到街上的想法了。坐在床上我愤愤地想，这肯定是旅店老板们的阴谋，看我包大就带我去顶层看房……这一路上我看的房间好像都是在顶层。

房间里没有 WiFi，放下东西我就跑到不远的 Royal 旅店去蹭网。Royal 是那种一看就知道这是一家店主很用心在经营的旅舍，考究的装修设计、古色古香的实木家具、统一传统服饰的工作人员和他们标准的笑容与英文发音都能说明这一点。而且这地方只比 NLONY 贵 2 美元，当然这一切对于我都没有任何意义，因为今天客满。我在这里花 40 美元买了张船票，然后大模大样地在舒适的大堂里蹭网。

跟曼德勒注定是没什么缘分吧，那晚就连资料里推荐的久负盛名的餐厅 Too Too 也表现得差强人意，辜负了我走那么远专程去品尝。

晚饭后，我赶在宵禁前回到了 NLYON，无聊地坐在床尾听着卫生间管道里传来的阵阵嘶喊，看着床边墙上的一大队蚂蚁往返于地面的裂缝和墙上的风景画之间，回顾着初到缅甸这无聊又折腾的一天。同时，我也打消了自己的好奇心，没去看画后究竟藏了什么，以免自己晚上不能入睡，毕竟明天一早 5 点还要起床赶游船呢。

06

我在这里当了七天“经理”

缅甸的交通总是很折磨人，环境差、速度慢、班次少，尤其是晚点问题最让人头疼，就连见多识广的《孤独星球》创始人托尼·惠勒都曾经抱怨过缅甸的交通系统，称其时刻表形同虚设，晚点更是家常便饭。所以亲自体验前，我便很有成见地对缅甸的交通没抱任何期望，然而事实证明是我想错了，包括后来的旅途，缅甸交通的准点率确实让我很满意。

第二天一早退房时，旅店老板见我没有用他们车的意思，态度立刻就冷淡下来，低着头不知道在忙些什么。看他没热情待客的意思，我只好立刻背包上路。昨天坐摩的时胆量和技巧都练出来了，于是专门去找摩的寻价。

曼德勒摩的司机普遍不会讲英语，我只能指着船票和地图不断重复目的地，生怕他们弄错码头。问了几个司机，要价都在3000甲（1000甲折合人民币5.7元左右）以上。我一边往前走心里一边盘算着得调整策略。走了一条街的距离，打定主意后我径直走向路口的司机，指着地图上船运公司的广告说：“There，500。”司机一愣，看样子没反应过来，伸出一个手指还价1000甲。我心里偷乐，但还是做了个很无奈的表情，点头上车果断成交。

来之前听说伊洛瓦底江（Aye Yarwaddy）沿岸风光秀美，这也是我选择坐船的主要原因。老实说，沿岸的风景让人大失所望。我以为“秀美”二字是形容如漓江两岸风光那样郁郁葱葱、奇山峻石的词语，但伊洛瓦底江地处蒲甘平原，两岸除了开始一段有零星的佛塔外，出了因瓦古城后就只有光秃秃的黄土堤岸和沿江公路上跑的汽车了，所以在船上的大部分时间我都是在船舱里补觉。

不过在船上还是有收获的，我认识了接下来两天的主要旅伴水和萧，两个漂亮的女孩，水活泼可爱，萧美丽端庄，我猜她俩在国内肯定也是回头率超高的，更不用说在缅甸这样的小地方了。

说起来，还真就是缘分，因为开始时我们差点错过。虽然我们同船，而且还是船上仅有的三个亚洲人，但一路上我们没有任何语言交流。说来惭愧，因为我向来没有区分亚洲面孔的天分，而且开始时我也完全听不懂她们聊天的语言，所以碰面时只是点点头没有说话。临下船，水走过来用普通话问我会不会说中文，我才恍然。当时我还特意问了一下，才搞清楚她们说的是四川方言。

下船后我们没有立刻结伴，只是说好一起去看日落，她们就匆匆忙忙上马车走了，没有具体时间也没有联系方式，只有一个她们要入住酒店的名字。而我再一次因为执着找理想住处花了很多时间，等到了她们那里，连路边趴活儿看日落的马车都已经走光了，她俩居然还在酒店等我。

当然，我并不是故意晚去的，只是找个满意的住处实在太难了。从码头出来后，我首先去了著名的 Golden Myanmar 旅店，老板热情地带我看了房间，5 平方米的房间 2—3 米高，白色床单配花毯子，开价 20 美元。我得住七天呢，这价格肯定是太贵了，而且和之前得到的信息严重不符，差距之大让我很失望，不禁在心里嘀咕难道缅甸已经开放到这种程度了吗？无奈地背上大包继续沿街寻找，简单地说吧，我几乎走访了娘乌镇主路附近所有的旅店，如今价格已经不是攻略里 5—10 美元的水平了，基本上单人间无卫生间 12 美元，含卫生间要 17—25 美元，标间 25—35 美元，大部分条件都很一般，这就是现在的价格。

不过也有一个便宜的，在主路往金塔方向去的岔路上的第二间，名字我就不提了，里面好像也没住客。店家见来生意了，一家人把我请到客厅坐下一块儿谈。因为他们一家人没人会英文，我们就用纸笔写数字讨论价格，开价是很厚道的 3 美元，可是看房时刚推开房门闻了一下我连还价的想法都没有了，礼貌地谢过他们赶紧告辞。

一路上值得推荐的也有，有一家叫 Grand Empire 的酒店，在 Golden Myanmar 附近，名副其实的酒店水平，有这个价格罕见的白床单、白被罩、浴巾、洗漱用品等，报价 25 美元。当时砍到了 17 美元，可惜的是两个小时后等我看够了不断突破性价比下限的房间开始意识到它的好时，已经离开太远了。

有时候，确实只有付出努力后才能有让人满意的结果吧。瘦弱的我顶着太阳背着大包徒步两个小时挨家挨户询价，功夫不负有心人，精疲力竭时终于找到了理想的落脚地——New Park 酒店。其实刚到 New Park 时我并不觉得会住下，一进院子是一个漂亮的大花园，门口两边是摆放整齐的自行车，穿着统一制服的工作人员看见我进来很礼貌地冲我微笑点头，西斜的阳光透过婆娑的树影晃着我的眼睛，感觉一切都太完美了，不过想必价格也一定很“完美”吧，犹豫了一下差点扭头走掉。

很庆幸当时没立刻走掉，前台说这里只有双人间，价格最低是 30 美元。当然了，酒店嘛，看到我失望的表情，他顿了顿说："我们也可以给你一个单人间，是我们经理的房间，只要 10 美元含早餐。"听到这个价格我眼前一亮，立刻跟着工作人员去看房。

这个房间很小，进门除了一张单人床外只能放下一个小柜子和一条凳子，大概也就 4 平方米的样子吧。然而麻雀虽小，五脏俱全，空调、电扇、卫生间、24 小时热水都有。我习惯性地还了还价，人家丝毫不动摇，想了想一路上看的这些旅店，我理智地接受了。

后来才知道自己有多幸运，我住的是酒店里唯一的单人间，花了客栈的价格享受了酒店的环境，怎么说也是很值了。第二天吃过这里的早餐后，我就更没有搬家的想法了，在这里舒舒服服地当了七天的"经理"。

穿"和服"的成都姑娘

New Park 酒店距离两个女孩的酒店也很近，所以很快我们就接上了头，大家都很意外这么晚了对方居然还能出现。简单寒暄了几句，得知她俩只在蒲甘待一晚后，立刻雇了在路上还能看到的唯一一辆马车奔赴著名的瑞山陀塔看日落。

瑞山陀塔是佛发舍利塔，因为结实的石质结构不易受到破坏，所以是目前唯一还允许爬的国宝级大塔。在这里无论是看日出还是日落，其海拔和位置都是不错的选择。

雨季的蒲甘就是这样，别看白天阳光明媚，但几乎每天傍晚都是云海日落。当然，我们是站在云海下面。所以第一天的日落拍摄就是取取景、认认路，什么也没拍到。

晚上回来后我们在餐厅 A little bit of bagan 尝试了同样做法同样味道的鸡肉、羊肉和鱼肉，入口时味道虽然尚可，回味却不足，只能说比曼德勒的 Too Too 略强，但依然没让我对缅甸美食的印象有所改观。

水和萧对这些并不在意，她俩一直忙着绘声绘色地给我讲她们在四川搭车旅行的经历，尤其是水，说起话来表情丰富至极，逗得我和萧一直大笑。了解到她们刚毕业还没开始工作，我主动提出来付账。她们故意用我听不懂的四川话嘀咕了几句，我虽然听不懂，但知道她们肯定是不好意思接受，我一再坚持才同意让我付一半。没想到这样一件小事两个可爱的姑娘还一直惦记着，我们一起吃最后一顿饭时又坚持回请了我。

我一直认为，所谓好的旅伴，不仅可以和你分享快乐，更重要的是还能在你不靠谱时包容你。

我就出现过一次严重的不靠谱，由于不知道我的低配 iPad mini 没有 GPS，错看了软件上的日出时间，第二天凌晨 4 点我们就集合出发去看日出了。我只睡了三个半小时，一路上自己也纳闷为啥蒲甘的日出会这么早，等坐在瑞山陀塔第五层时才尴尬地发现之前看时间时软件根本没定上位，也不知道看的是哪的日出时间。我赶紧承认了错误，但她俩没一句怨言，还是有说有笑的。就这样我们在寒风里比第四个登塔的人多猫了一个小时。当然，在瑞山陀塔看日出稍稍早来一点儿是必要的，如果临日出前再来就只能站到第四层了。

过分的早到让我有了充足的时间去考虑构图。在瑞山陀塔上观赏日出从高度上讲虽然可以一览蒲甘平原众塔，但从位置上讲构图确实是个问题，因为日出方向外形出众的塔比较少，而且东边有一座建筑物特别影响景观，那就是军政府建的观光塔，据说蒲甘就是因为这座塔才一直没被评上世界非物质文化遗产。我花了好长时间构图，才躲开了这座据说带电梯的塔。

雨季里的蒲甘好天气并不多，天空也没有热气球的点缀，但那份朴素而纯净的美好正是我最钟爱的画面。

蒲甘还真是厚道，没白白让我们在寒风里苦等，第一天看日出就让我收获了一张满意的照片，完成这张照片后我就赶紧把地方腾了出来，退到后面抱着相机用眼睛静静地欣赏这美景。这是蒲甘的雨季，看不到热气球点缀在空中的热闹场面，但我想华丽的日出也从来不缺少热闹，干净的天空倒是更给人一种安静、祥和的美感。金色从空气中散去后，我转到人少的西侧，换上广角镜头打算拍张塔群。刚一走过来我发现瑞山陀塔的影子很有意思，就这样构了张图。

看完日出我们各自回酒店吃早饭，再见到水和萧时，俩人已经换上了缅甸传统服饰特敏。萧的专业是服装设计，果然两人选的衣服都不俗，萧是一身热情抢眼的红色，水是清新的蓝色特敏配白色上衣。

两人装扮好后问我怎么样。要知道北京男人天生都不会夸人，在形容别人的时候我们总是能巧妙地避开一切美好的词语。当时我端详了她们一下，点点头说："嗯，像日本和服，出发。"

考虑到她俩只有这一个白天在蒲甘，早餐时我查了些资料，带她们先去了有"蒲甘双雄"之称的阿南达寺和达宾纽寺。这两座寺庙和蒲甘其他红砖塔不同，是石质的，而且都很华丽，比起这里其他朴素的佛塔，给人置身于吴哥或婆罗浮屠的感觉。

阿南达寺有个悲惨的传说，据说它的建造者是八位在喜马拉雅山修行的僧人，国王非常欣赏他们的才能，于是请他们修建了此塔。建成后国王对此杰作非常非常满意，但嫉妒心起，为了保证这杰作的独一无二，国王在阿南达寺完工后下令杀掉了这八位僧人。佛经云："救人一命，胜造七级浮屠。"他却因一座浮屠害了八人的性命，原本建功德的好事，岂不又全部被抵销？

阿南达寺不仅因精美而闻名，这里的香火也很旺。我们到来时，前来敬香、贴金的信众络绎不绝，好不热闹。我个人从来不在庙里拍佛像或神像，所以只是站在一旁参观这些宏伟漂亮的庙宇。

在阿南达寺外围走廊的拐角处，有几扇小窗户很特别，窗台上都铺了草席，我猜想这可能是一个小禅室，于是让活泼的水钻进去摆了个朝拜的 pose。

在阿南达寺外围的走廊里，每个佛像正对面都有一个漂亮的大草帘，草帘古朴的形态加上缝隙间透过的柔和阳光，看着就觉得心里特别舒服。我让水和萧分别站在草帘前拍了两张剪影。

从阿南达寺出来时天上乌云密布，在去达宾纽寺的小路上，我发现了这段破旧的老城墙。我让萧从墙后的土坡爬了上去，站到了墙头，然后摆了个礼拜的姿势。我们自己玩得正热闹呢，惹来一对当地的小情侣过来观摩，开始那女孩夸我“Good idea”时我还挺高兴的，后来等我们要离开时她从包里掏出几件隆基（缅甸男士喜欢穿的一种纯棉服饰，类似于筒裙），问我是不是也买一条去拍照，我才明白原来不是知音啊！

走马观花地看完阿南达寺后，没顾上吃饭，我们直奔达宾纽寺而去。两座寺庙很近，顺着阿南达寺西面的小路过去就是。由于饿着肚子，所以参观达宾纽寺相当仓促，只是外围转了一圈内部转了一圈就交差，然后赶紧跑出去吃饭了。

虽然做了如此传统的造型，但一路上总有人问她俩是不是日本人。我就暗自好笑，调侃道："你看，不是光我说像和服吧。"

这一天除了"蒲甘双雄"外我们就没再去其他著名景点，只是沿途边走边玩。现在回想起那天，用"疯玩"这两个字来形容最是贴切。午餐后我们去娘乌市场时走错了路，直到看见好像写着"蒲甘欢迎你"的大牌楼才意识到快到机场了。在市场里我们被刺鼻的味道熏出来后，发现电动自行车已经没电，又不得不推车返回和租车老板谈判。电动自行车降档成自行车后，依然没挡住我们疯玩的脚步，结果在沙地上骑车时水又把脚扭了……就这样我们疯玩了一整天，最后都没时间告别就各自上路了。

就在拍完这张照片后不久离开这片田地时，水刚刚跨上电动自行车就摔在了沙地上，我们那天的疯玩才被迫告一段落。那天天气很奇怪，一会儿暴晒一会儿小雨，连乌云都是一块一块的。

爱喝啤酒的女孩

另一个特别有缘分的是佩佩，我们从来没约过，却总是能碰上。我们的初识是在第一天看日出后，佩佩有着标志性的灿烂笑容和爽朗的笑声。她特别爱笑，谁和她说点什么都能把她逗乐，给我们讲故事时也是说一半笑一半。总之，有她在气氛都会很快活。

身材娇小的佩佩骨子里却处处透着豪爽，早生几百年是一方侠女也说不定。她给我们讲的第一个故事就是隔着阳台用啤酒瓶了结了隔壁两醉汉 Party 扰民的问题，拯救了附近所有人的睡眠。是啊，回想起来，我见佩佩的三次中有两次她都拿着瓶啤酒。

作为侠女自然也是仗义得很。我们第二次见面是送走水和萧后，我回瑞山陀塔看日落，当时她给我推荐了附近另一座可以看日出的塔，于是我想趁天亮先去踩个点，以备次日一早赶日出。所以说好她先慢慢往镇子走，我完事儿再去追她。没想到在 Sin-MyarShin 庙群碰到个假摄影大师，耽误了我半晌。等我脱身一路往回狂奔时，仗义的佩佩居然还在漆黑的路口等我。我心里甚是过意不去，便请她去茶室喝茶。

从缅甸人喜欢泡茶室的习惯中，就不难看出他们生活的惬意。娘乌镇里有不少大大小小的茶室、茶摊。在我印象里无论是几十人座的大茶室，还是连座位都没有的小茶摊，从早到晚任何时候都能看到泡在里面的本地男人们三三两两地聚在一起喝茶聊天，没看见过打牌的，只是聊天。我想不明白生活节奏如此缓慢的缅甸人怎么会有那么多可聊的内容。也许还有一种解释，就是缅甸奶茶太好喝了！

缅甸奶茶是一种用炼乳调味的奶茶，口感香滑，味道醇厚，我和佩佩都特别喜欢。那晚我们一边品着奶茶，一边听她给我讲自己的故事。

佩佩是个上海姑娘，之前在 IT 行业工作了几年，然后辞职去新西兰打工旅行，边挣钱边旅行这样过了一年半的时间。她说现在也没钱了，便打算最后在东南亚转一圈就回国安顿。缅甸是她此行的倒数第二站，现在已经离家很近了。那晚她没有提到为什么辞职，也没有提到回去要做什么。

第三次见面是第二天，早上拍完日出回来补了个觉后，我正打算出去吃饭，刚好碰到她来我的酒店蹭网。当时已经两点了，我俩谁也没吃午饭，正好一起吃了散伙饭，晚上她就要去曼德勒了。结账时我主动张罗买单，佩佩自然不肯，不过我有一个特别有说服力的理由：“你都辞职这么长时间了，我才刚刚辞职不是……”听我这么说，她也就没再坚持。

吃完饭我骑车带她去了娘乌镇的瑞喜宫大金塔。这里的大金塔虽然没有仰光大金塔那么著名，但其历史意义非凡。它建于蒲甘王朝初期，标志着上座部佛教在这里的兴起，也标志着无数的佛塔即将在蒲甘平原上如雨后春笋般地冒出。

瑞喜宫大金塔旁的老人。征求她同意后我举起相机，同时她也端起手里的烟卷抽了一口，相当的老练。

因为要赶日落我只送她到了镇子中心的路口，临走时我问佩佩回去后有什么打算，她说：“上班呗。”我还想再问，回去上班你还能受得了那种约束吗？想了想没说出口。

我知道这个问题其实毫无意义，谁喜欢受约束呢？谁又能逃脱得了呢？为了养家糊口，受不受得了不也得接受吗？

和佩佩混迹在街头的茶室里。佩佩脸上涂的是特纳卡（Thanakha），一种当地黄香楝树皮汁液，有护肤防晒功效。

在缅甸碰上泰国来的台湾法师

有一种缘分，叫佛缘。

有天下午，我在娘乌镇和老蒲甘之间的大路上骑行，看到前面有几位师父在烈日下赶路，盘算着想给他们拍个背影，于是我停在他们前方 50 米处，准备好相机。为了不让对方觉得不适，我没有回头，只是假装翻看地图等他们过来。没想到的是走在最前面的师父隔着老远就用中文喊我："你找哪里，需要帮忙吗？"我的小伎俩立刻被师父的热心肠化解了，我赶紧下车施礼，跟师父聊了起来。

喊我的师父法号阿耆多，从泰国北部来。他原本是台湾人，目前在娘乌镇的瑞喜宫寺里修行已经一个多月了，今天是和其他几位师父赶往阿南达寺做晚课。

阿耆多师父是个特别善良且热心的人，听我也没说出什么具体目的地，他便简单给我介绍了一遍周边的几个主要景点，告诉我怎么坐公交车等。看我就一个人旅行，还嘱咐我别随便接受陌生人给的水或食物什么的。他给我讲他认识的一位师父，在印度旅行坐火车时就碰到两个人，看他是出家人很恭敬，还行了吻脚礼，拿吃的给他吃拿水给他喝，师父见他们这么虔诚又以礼相待便没加防范，没承想吃过东西喝过水后就不省人事，等再睁开眼时发现身上什么东西都没了。我听完心想，这得是什么样的人啊？对出家人都下得了手。

我告诉阿耆多师父自己下一站就是印度，他皱了皱眉说："那你父母担不担心啊？"还没等我回答，他就继续说："肯定是担心的，子女在外父母都是担心的。看你这么善良，怎么能不担心呢。"他说得对，我心里也清楚，虽然父母都很支持我去旅行，但担心是肯定的。

阿耆多师父四十来岁，管我叫小兄弟，我还是称呼他师父。临走时我给他拍了两张相。我问怎么发给他，他说他用得最多的是 Face book。于是我就问他有微信吗？他说没有，于是就留了邮箱。

晚上我拍完日落往回走，刚从土路里钻出来上到大路就远远看见阿耆多师父也正往回走。好巧，我便追上去推车与他同行。

开始只是瞎聊，我先问他出家前是做什么的。他就给我讲，出家前他是学心理学的，服完兵役后一直在做公益性质的心理辅导，主要是帮助一些当地的雏妓，让她们重新开始生活。因为会触及某些势力的利益，总是受到种种威胁，但当时他很坚持，他说：“因为每个人都有自己的价值，无论是活一天也好，还是一百年。”

我又问他怎么出的家，家里人什么态度，又为什么会去泰国修行。他的回答很简单，只是说开始帮着办佛学讲座，带一些佛学团，自己有些了解后又开始教初机佛学，慢慢地自己就有了出家的念头。

“家人肯定是不同意的，但也是生活所迫。”然后他就不往下说了。我没再追问，生活嘛，谁没有过无奈的时候呢？

看他那自信、淡定的神态，我想这肯定是修行的成果吧，于是我就向他请教修行的事。他说：“佛教不像伊斯兰教或基督教，主张一切皆由神造、一切皆由神定。佛教很开明，你不用着急做决定，可以先试试，自己体会体会，当然信与不信都可以修行。”

我点了点头，然后他继续说：“其实每个人都会有自己的生活方式，但由于社会上普遍的价值观干扰，人们不免也用有色眼镜审视自己，这样就很容易迷失自我。通过修行可以提高专注力，帮助你思考。尤其是在重大的人生路口，以便考虑清楚什么是自己真正想要的。”

听到这里，我不禁一愣，心想这不就是我现在所需要的吗？他没有察觉到我的反应，继续解释：“所谓六根清净是指眼、耳、鼻、舌、身、意，鼻子、眼睛不断收集信息，大脑就不断地做判断处理这些信息，这些都是干扰，所以很难做到专注。就像一杯浑浊的水，你不断地搅拌它，它永远是浑浊的。只有静置，杯子里的杂质才会慢慢沉淀下来。这样你才能看清自己，看清有多少沙子、多少石子等。这就叫内观，也就是英文的 insight。”

我便接着问他内观禅修的事，他说：“修行的方法很多，每个人都可能不一样，这要看自己，内观禅修也只是其中的一种而已。”我点头称是，他继续说：“但修行一定会有个过程，就像驯服野马一样，不能一蹴而就，要坚持一段时间。慢慢你才会体会到细微的变化，包括你食素、不吃晚饭、禅定等，都会有自己的体会。不一定非得信佛祖，但修行带来的好处你是可以体会到的。”

后来他还说道：“为什么一定要循序渐进呢？内观禅修中女孩子经常会看到幻象，并信以为真，这就叫走火入魔。因为女孩子较不容易定下来……”我们边走边聊，很快就走到了他住的地方，但看我意犹未尽，他也没有着急回，继续讲道：“所以女性一生只允许出家一次，还俗后不可再出家，而男人允许七次。因为男性做重大决定时都很慎重，一旦决定，不易变，往往还俗都是迫于家庭、宗族的责任，很少是因为自己主意不定，不过也没见过谁有七次这么多的……”

实在不好意思再耽误师父太长时间了，听他说完这段话我便道谢告辞。热心的阿耆多师父坚持要送我到路口，说路上太黑怕我找不到。那我怎么能好意思呢，目送师父进门我才转身离开。

那晚我只吃了一个西红柿沙拉，1700 甲。回去后我躺在床上一直琢磨着师父说的话，觉得到了这个年龄的自己就挺迷茫的。在大城市的我们每天都为工作、结婚、买房等俗事追赶着，从来没仔细思考过哪种生活是自己想要的，现在过的又是谁的生活，会不会过了几十年别人的生活才恍然这不是自己想要的。但时间已经流逝，后悔已惘然；又或，虚度青春，暮年勉强度日又悔恨当初……也许 30 岁就是我的人生路口，也许我在印度应该去研习下内观禅修……就这样，我带着种种迷思入睡了。

阿耆多师父的背影。

蹬车逐日

在沙巴赏海边落日感受的是浪漫，在尼泊尔看珠峰日出感受的是壮美，同样的太阳，配以不同的景致总是能让人品味出不一样的韵味。蒲甘的雨季，太阳并不总是如期而至，空中也看不到缤纷的热气球，雨季只有这里最原始的模样。经过数日的等待，当自己和蒲甘平原上无数古朴的佛塔一同沐浴在金色的阳光下时，感受到的是绝美的纯净，这份美好虽然短暂但却值得等待。

记得曾在500PX图片网看到过一张很惊艳的礁石日出的照片，摄影师是哪国人我已经忘了，但还很清楚地记得他第一句是这样写的："这个场景我拍了大概两年的时间，经过不断的尝试……"后面是他的心得。当我翻看他的相册时，果然看到了两年来同一场景他不断努力的点滴记录。当然了，排除人家家门口就有绝世美景，也没空气污染，还经常能有闲工夫等这些因素外，单说这精益求精的毅力就让我觉得很可敬，反正我是自叹不如。跟风景大师的蹲守策略不同，我在蒲甘则是游走在各座塔间。

告别了水、萧和佩佩后，我便开始专心寻访日出日落塔。每天的生活轨迹都很固定，日出前骑车出门，天亮后返回吃早餐，然后再出去爬塔找好位置，日落后回旅店吃饭休息。

几乎每天我都会守在不同的塔上等日出盼日落，但是好运气并不轻易光顾，有时候天气差到能明显看出运气不佳。我不会太执着地等下去，也不想垂头丧气地返回，而是改变思路去寻找其他有意思的事情。

比如有一次去瑞山陀塔看日落，日落临近时又是聚来了一望无际的云海，但云缝间还能透出一点儿西斜的阳光，见此状况我都没上塔，而是把自行车支在了瑞山陀塔的路口处，坐在后座上悠闲地观察来往的游客。别看平时我走访小塔时几乎都碰不上其他游客，但每天日落时分瑞山陀塔前的这条小路热闹非凡，大家就好像赶集一样从四面八方聚集过来。一时间，小路上有马车、自行车、电动自行车、摩托车、各式轿车、大巴、双条车等穿梭过往，络绎不绝。

瑞山陀塔前小路上的交通工具：马车和公交车。

为了能找到理想的位置，蒲甘有名的塔没名的塔我都爬了一些，为此也吃过些苦头。蒲甘除了几座国宝级大塔和寺庙有宽敞的通道和整齐的台阶外，其余塔庙大多数没有走廊和台阶。有走廊的，经常会因为过分狭小而不能直立通过，从里面爬出来后满身尘土不说，偶尔还会挂一些蛛网……缅甸人视鞋为不洁之物，所以上塔、进庙前都要脱鞋。对于从小生长于都市的我来讲，赤脚攀爬也着实有些难度，脚底经常被碎石子硌得生疼。不过这些还都是小事，有时候还真的很危险。

在老蒲甘和娘乌镇间有一座叫 Oak-kyaung-gyi 的寺庙遗址，现在只剩下了砖结构的回形墙壁，墙壁里面暗藏可以通到顶层的通道。其四四方方的外形看上去会让人觉得比其他尖顶的塔更有安全感，但走进去才知道暗藏危机。

这里的通道采光很差，狭窄异常，我尽量弯着腿弓着腰才将将可以蹭着墙壁通过，但头还是经常被磕到。最让人意想不到的是，在通道拐角处会有正对着台阶的门洞，这突如其来的门洞简直就是陷阱，若多迈一步便会直通地面。当时我很庆幸自己是在白天造访这里，即使是这样，当这门洞猛然出现在眼前时我心里也是一惊，心想如果要是日出前摸黑过来我肯定就掉下去了。

虽然在这个季节真正能看到华丽光芒的次数寥寥无几，不过只要不下雨我还是会坚持去，几天下来也跑了不少的塔。不过我发掘的地方肯定还是很有限，但我并没觉得有丝毫遗憾，毕竟探索本身就是很大的乐趣，至于发现了什么或发现了多少又何必执着太多呢。

见到阿耆多师父那天，我去了离主路最远、交通最不便利的 Pya-tha-da 寺。不知道是不是沾了师父的光，那天日落很是华丽。由于路上多是沙地，除了小贩是骑摩托车，大多数人都是乘汽车或马车前来，只有我一个人骑的自行车……确实路上相当辛苦，但是很值得！ Pya-tha-da 顶层视野极佳，傍晚时分还能

看到牧归的场景，是绝佳的摄影位置。

由于这里过于偏僻，我拍完日落没有继续等彩霞就赶紧返程了。虽然我错过了那晚的彩霞，但在回去的路上却收获了阿耆多师父的指点。命运有时就是这样，有失必有得。

有一次我在网吧整理照片时，顺手在谷歌地图量了一下我每天的骑车距离，结果吓了自己一跳！早上一般要骑 5 千米去看日出，然后再骑 5 千米返回吃早餐，再骑车出去寻访守塔人或日出日落塔，晚上还要到旧蒲甘一带看日落，所以下午至少还是 5 千米，拍完日落后再骑 5 千米回去，每天我都至少要骑 20 千米。

后来有人看我的照片时问："你怎么老能碰到这么好的天气？"

这让我说什么好呢，我只能说："运气好呗。"

教育、兵役和信仰

给我推荐 Pya-tha-da 寺的人叫 Aung，我在达玛央吉寺门口买水时碰到他。当时我去买水，但水摊店主不在，在一旁喝饮料的 Aung 看我迫切的样子就过来帮我拿了一瓶水。我还以为他是店主呢，他拿起水刚要递过来，看见上面有层浮土转身洗干净又帮我擦干才递给我。我问他哪里能洗手，他又带着我到旁边的水缸那里帮我舀水洗手。我掏钱给他时，他才告诉我他不是店主，只是在这喝个饮料等女朋友。我心想这人也太有主人翁意识了，看我渴的焦急就代表缅甸同胞向我伸出援助之手，于是我俩就坐在树下等店主。

解了口渴之急我这才顾上打量他一番。Aung 穿着挺讲究的，浅色裤子配淡黄色 POLO 衫，干净利落，30 岁左右的年纪，大眼、光头，颇有罗纳尔多的风采，只是略胖了一点儿。我俩坐着没事就有一句没一句地聊了起来。Aung 的气质很迷人，他脸上没有小贩的那种企图，也没有淳朴农民的那种羞涩，有的只是淡定、平和。

见他这般气质，我问他是不是出过家。他说他 15 岁时出过家，很快就还俗了，但现在仍是佛教徒。我问他怎么成为佛教徒的，他说："因为家里都是，所以我生来也是，出家也是因为家里的意思。"我说："我听说缅甸全民信佛，但好像都是因为家里信佛而传承的，但关于信仰问题，你们能自己做选择吗？"他说可以，这也是他自己的选择。

他问我是不是当过兵，我摇摇头。他说在缅甸，男人都要服兵役的，就跟都要出家一样，这是责任。我问他在缅甸还有什么是必须做的，他想了想说："上学，缅甸义务教育从 5 岁起一共有十年级。"我问他："是完全免费的吗？"他说："书和衣服等都免费，但要自己带吃的。"

在娘乌镇的小路上，确实经常能看到穿着破旧的父母在门口送身着光鲜校服的孩子上校车的情景。这个社会能在这样有限的生活条件下如此重视教育，真是很难得。

我很喜欢缅甸小朋友的校服，翠绿色，清新又富有活力。那天拍完日出我特意赶在孩子们上学前回到了娘乌镇，很幸运在这条小路上遇到了这对小姐妹。

我正琢磨着，他问我：“那中国呢？”“什么？”我一下没反应过来。他说：“教育、兵役和宗教信仰。”

我一边查词典一边对他说：“我们也是义务教育，但是九年制；我们不强制服兵役；关于信仰，中国无神论者居多，但我们尊重各种宗教信仰。我个人虽然没有宗教信仰，但我相信善良和友善。”

Aung 听我这么说点点头，我们没再继续这个话题。

后来他还向我介绍了一下最近的节日和周边的情况，推荐了 North guni 寺和 Pya-tha-da 寺。他英文比我好，每次说到我听不懂的词就给我写下来，然后给我解释。虽然沟通内容不多，我们还是聊得很开心，连身后的达玛央吉寺我都没顾得上参观。

聊得正高兴时，他女朋友回来了。原来她是在这里卖纪念品的小贩，一见到我就开始推销东西。我怕 Aung 难堪，只是告诉她我还有很远的路要走，背不了太多的东西。可能是没有回绝得够坚决，她更是没完没了地冲我推销。能看得出来 Aung 也和我一样无奈，甚至有些难为情，但他很礼貌地对我说你快去看日落吧，不然要晚了。见 Aung 替我解围，我起身谢过。跟他们道别后，我去了最近的 North guni 寺守候日落。这里的位置很棒，那天日落来得像 Aung 的人一样，淡淡的，格外平和。

North guni 寺上看 South guni 寺。

蒲甘的塔二代

有两天赶上了一个没记住名字的当地节日，可能不是什么特别重要的节日，并没有任何节日的气氛，只是路上的孩子一下子多了不少。孩子嘛，可能过什么节都不重要，重要的是今天放假！

那天日出后，我和守塔人丹纳坐在 Thein-mazi 庙顶上聊天，这时下面跑过来三个小孩子，跟我打了个招呼，然后也钻进庙来。丹纳不会英文，其实我俩所谓的聊天就是用手瞎比画。我指指孩子们又指指丹纳，问他是他的孩子吗，丹纳点了点头。

三个小孩子很快便围了过来，个子高的好像是哥哥，二话不说从他肩上的蓝色挎包里掏出一打明信片往我眼前就递，嘴里还像念绕口令一样叨咕着“明信片，便宜卖啦”。我瞥了一眼明信片，质量实在太差了就摇了摇头，并做出无奈的表情。其他两个年龄小点的孩子见买卖不成便乖乖地到一边自己玩，而哥哥就是没完没了地缠着我，好像不从我身上掏出点钱来不罢休似的，后来弄得我都没心情理他了。

我不主张给这些孩子钱，只是不希望他们养成这种伸手要钱的习惯。但也不忍让他们太失望，所以我也是有备而来的，我给了他们三个一人一个小纪念品，然后为了摆脱哥哥的骚扰便去找两个年龄小的，问他们要不要拍照。两个小孩子非常高兴，立刻坐好等我拍照。这时一旁的哥哥也跑过来坐下，但我刚拿起相机他却伸手挡住镜头说“不给钱不让拍”。我看了看旁边坐着的丹纳，丹纳冲我摇摇头。我心里有了数，便示意两个弟弟坐到边上，哥哥果然又跟了过来。我放下相机说“拍照没钱”，他这才老实下来，但嘴里又开始叨唠“不给钱不高兴”。我又冲他一瘪嘴，他这才放弃。

Thein-mazi 庙顶上的三兄弟。

打发走孩子们后我又跟丹纳坐了一会儿，在回去的路上又碰到了其中两个小的。他们见我有自行车就缠着我让我带他们去瑞山陀塔。我能说不吗？便喊他们上车，这俩小子立刻冲上来，一个坐我后面扶着我的背包，一个坐到我车座前端……挤得我都不知道该坐哪里。

虽然只是孩子，但三个人的确是沉了不少。我卖力地往前蹬着，终于到了瑞山陀塔的路口。我长出了一口气说：“好，终于到了。”结果两小子还没玩够，非得要再走一段。而且这次坐前面的这个还要求他扶把掌握方向，怎么好拒绝他们呢？反正路上也没人，就这样吧。

还好我是从中国来的，骑车这点事不算啥，他扶着把我蹬着车，我们三个就又上路了。骑了不太远，看见前面有个大坡我计上心头，紧蹬了几步，没冲上多高就停住了。我摆出一副累得要死的姿态对他俩说："不行了，实在坚持不了了。"他俩这才算饶过我。

告别了他们后我已经饿得不行了，紧着飞奔回酒店吃早餐。吃早餐时才想起来早上光顾着跟孩子们折腾了，忘了看风景。

那天下午我在路上闲逛，看路边有座大塔就停了下来，正犹豫要不要过去时，看见三个小姑娘冲我跑了过来。其中一个穿红衣服的小妹妹最是兴奋，我也不知道她这是为啥，就觉得看她那么高兴我也不忍心走掉了。

笑容最灿烂的红衣服小女孩叫 YIYI，11 岁，她用很流利的英语告诉我今天学校放假；个子高的是她三姐，叫 MOMO，12 岁；最小的叫 JINJIN，只有 3 岁。她们的父母是这里的守塔人，一家人就住在塔边上的茅草房里。今天大人们都不在家，于是三个小家伙便充当起我的向导，带我到塔上游览了一番。

她们带着我一路往塔尖上爬，YIYI 身手敏捷，一转眼的工夫就上去了，可 3 岁的 JINJIN 哪爬得上去啊，MOMO 就抱起 JINJIN 一边往上托，YIYI 一边往上拉，见状我赶紧把 JINJIN 抱了过来，心想这仨孩子胆可真大。不过看她们这兴奋劲，除非是我现在离开，不然她们肯定是要跟我一起爬到顶了，于是我便抱着 JINJIN 跟着她俩来到了塔顶。

我们正玩着，突然 YIYI 看到几个西方游客从主路上路过，于是大声招呼他们上来。他们站住后就像我刚才一样犹豫要不要进来，人在犹豫的时候就得有人推一把，我就充当起 YIYI 的帮手冲他们喊："这里景色很棒！"他们听罢便不再犹豫，停车走了过来，YIYI 很有礼貌地跟我道谢后跑下去为他们领路。

可能是看来了这么多游客，YIYI 的二姐 UOUO 也跟着上来了。UOUO 一见我就说之前见过我，我却一点儿也没有印象。她特别认真地想了半天也没能说出来，但看她这认真劲我相信应该不是套瓷的手法。后来第三次见到 UOUO 时我才想起来，原来她就是之前我在达宾纽拍照时碰到的小情侣，而且更巧的是我们还碰到了第四次。

新游客们一来孩子们又去缠他们了，我才有工夫研究太阳日出日落的方位，找角度构图。不过 YIYI 还真是特别懂事，一会儿又跑过来找我玩，好像是怕我感到被冷落一样。我告诉她我很好，谢谢关心，她就特别开心地笑了笑，然后坐下跟我一起玩 iPad。

从左侧依次是 YIYI、MOMO 和 JINJIN。

看日出的话，除了瑞山陀塔外，一般最先听说的应该是 394 塔。394 是一个编号，是当地考古部门对蒲甘地区古建筑遗址的编号。394 塔是座实心塔，很好爬，顶层有宽阔的平台。因为名气大，早上来这里摸黑看日出肯定会有伴，不至于太孤单。第一个向我介绍 394 塔的是一个卖明信片的小朋友，现在已经忘了他叫什么，只是清楚地记得他有一双强劲的大脚。看过照片后，桃子管他叫霍比特小朋友。

我在路上闲逛时碰到他，虽然我说不买明信片，但他看到我包上挂着三脚架还是热心地推荐了附近的 394 塔。他和别的卖明信片的小朋友不一样，拒绝后他也不会总纠缠着你购买，这是我最喜欢他的原因。

可能是那天中午太热的缘故，没有其他游客，我们一起在附近转了转，他给我介绍附近的塔，也没有要小费。走累了，我们坐在 394 塔上简单聊了一会儿，他说平时上学，没课时就来 394 塔附近卖明信片，他的父亲也是守塔人，不过不在这一带。我问他，其他卖明信片的小朋友都是成群结队的，你怎么一个人在这边晃，也没个伴啊。听我这么问他便低下头没说什么，然后继续向我介绍其他塔。我猜他一定是和小伙伴们闹别扭了，想来每个年龄都有每个年龄的苦恼吧，谁没有过童年呢？

分别时我送了他个小纪念品，然后约好帮我挑几张更好的明信片下回买。这也是我老去 394 塔的一个原因，遗憾的是后来再也没碰到过他。

这是 394 塔上卖明信片的
小男孩，他有一双像霍比
特人一样的大脚。

最后一天

在蒲甘的最后一天，我选了比较近的 394 塔看日出。5 点爬起来简单洗漱，背上头天晚上已经收拾好的背包就出门了。悄悄跨过大堂里守夜的小伙子们来到院子，推门时发现他们果然给我留了门，轻轻带上铁门，跨上车打开电筒就出发了。

骑到有路灯的大路上，我关上电筒一边疯骑一边熟练地躲着路面上的暗坑。前方昏暗的路灯下有几个赶路的背影，我靠近时便大声说："明格喇叭（你好）。"对方也"明格喇叭"热情回应。这招对我很是受用，一方面让背对着我的人安心，知道我不会撞到他；另一方面在漆黑陌生的环境中得到他的回应后我也能更安心。对方发现我是外国人后，身后经常还能传来几声开心的笑声。

到 394 塔后还没有其他人，我脱鞋上塔找了个背风的角落坐等日出。6 点以后陆续有人到了，但绚丽的日出并没有如期光顾，太阳又躲进了厚厚的云层中。我没有像以前一样早早回去吃饭，而是在这坐到了天亮才往回走。

路上依旧跟每个向我看过来的人问候"明格喇叭"，听到后面有摩托车、汽车靠近时，不等对方按喇叭我就靠到路边一侧，伸出大拇指示意他们超车。缅甸司机都挺客气，别看这主路挺宽敞，但如果我不这样示意他们超车，一般他们都是先减速要在我后面且嘀嘀几声后才超车过去。看我打过手势，一般司机超过我后都会回头冲我一笑。只是跟本地人学个手势嘛，有那么了不起吗？缅甸人真好。

我骑到前方路口时突然听到有人叫我"达"，但我又没看见人。我放慢速度寻找，才看清岗亭里的保安正冲我乐。我没有停车只是冲他笑了一下，因为确实没想起来在哪见过他或什么时候告诉过他我叫啥。不过也不算太意外，因为当地人找你聊天时第一句经常就是"你叫什么名字？"

回到酒店吃早餐前碰到在院子里徘徊的BOB，BOB正在找单身旅客拼房。我告诉他我有一个单人间，而且今天就要走，如果没找到人拼房的话可以住这个房间。BOB听房间有了着落很高兴，便跟我一起去了餐厅。我们坐下后，餐厅的小伙子就照例端来了果汁和水果，BOB谢绝说："我还没有入住呢。"小伙子愣了一下接着问："茶还是咖啡？"BOB茫然地看了看我，我说："没事的。"并给他推荐了奶茶，BOB将信将疑地点了早餐。

等小伙子满意地走后，BOB问我："你确定我不用另付账吗？"我摇了摇头说："不用，因为据我观察，他们从来不问房间号，谁坐下都会给你上一份早餐，更何况你今天不是还要住嘛。"听我这么一说，BOB才放心下来，然后从包里掏出一摞用绳子系着的小本子，抽出最上面的一本在上面写着什么。

在路边上看到田里农作的妇女时，我怕自己的突然出现会吓到对方，于是并没有着急拍摄，等走近时她看见我后，我冲她点了个头才拿起相机，她当时也很配合。

我问他是长期旅行吧，BOB 说他旅行有一年了，总是喜欢记一些旅行的见闻，都攒了一摞小本子了。我说他以后一定会出书，他笑了笑没有回答。BOB 是西班牙人，之前是工程师，这次旅行算是 Gap year（间隔年）吧。他这次已经转了不少东南亚国家，也抱怨缅甸的住宿太贵。我给他讲了我找住宿的经过，听我说这里还有一家 3 美元的住处，非让我在地图上给他指出来，看他这意思是一定要过去尝试一下了。

我们正聊着呢，又进来一个帅哥，早上我们在 394 塔见过。我请他一起过来坐，他说他还有一个哥们儿要过来，于是我们换了张大桌子。这位帅哥叫 Felipe，巴西人。Felipe 脸上总挂着阳光般的笑容，说起话来表情很丰富，虽然我听不太懂，但也能感受到他的幽默。

一会儿他朋友 Greg 来了，Greg 是英国人，来自伦敦。可能是因为 Greg 的纯正英国口音，总觉得 Greg 特绅士。不过说起来也怪，Felipe 和 BOB 说话我能听懂一大半，但发音最好听的 Greg 我基本都听不懂，不知道是他说得快还是别的原因。

Felipe 和 Greg 都是毕业旅行，在仰光结的伴。Greg 在新加坡时丢了钱包和手机，还好护照没丢。缅甸之后他就打算回去了，而 Felipe 还计划着去中东和非洲。

聊着聊着 Felipe 突然问我："中国相机是不是特别便宜？"我愣了一下，说："可能还是日本便宜些吧。"Felipe 接着说："那为什么中国人都有一部特别贵的相机呢？"我们仨就都乐了起来。我心想，他还真是很能观察啊。

接着 Greg 也开始讲他和 Felipe 昨天在河边坐船游江时和三个中国女孩一起拼船的事。他说这三个女孩在船上大部分时间都在用手机玩自拍，说着 Greg 拿起 BOB 的手机举高 45 度，换着各种 pose 学着她们自拍的样子……看着这小绅士这么耍宝，把我们仨逗得前仰后合。他还问我："为啥呢？"我耸耸肩说："我也不知道。"

愉快的早餐后，我把大包收拾好放到前台，每天我都是在这个时候交给前台 10 美元现金。今天看我拿了大包，小伙子从前台出来接过我的大包帮我放好，嘱咐我一定早点回来等车。

我先去还了自行车，然后走到娘乌镇主路上等路过的公交车打算去老蒲甘。等了良久，发现远处有一位红衣妇女顶着巨大的筐缓缓而来，不巧的是公交车也缓缓而来。我犹豫了一下，还是掏出相机向缅甸妇女走了过去。走到近前我冲她指指相机笑了笑，她会意后就停了下来。当我举起相机时，她腼腆地把目光移开了。看她顶了那么多东西，也不敢耽误她时间，只拍了这一张就赶紧让开了。

走到近前我冲她指指相机笑了笑，她会意后就停了下来。当我举起相机时，她腼腆地把目光移开了。

我回到路边继续等车，这次等了更长时间才来。这里的公交车就是小卡车，后面做个硬顶的棚子，男人们都坐在车顶，里面坐的是女人们。售票员示意我坐到里面，所有人都看着我乐。我倒是没有丝毫不自在，冲她们挨个儿“明格喇叭”，她们也一一回应我。我看她们好像都是从娘乌市场买菜回来的，女士们无论年龄大小都穿着质地良好、漂亮干净的特敏。路上又有几位妇女上车，我赶紧起身让座，和售票员一起挂在后面。

没多久就到了老蒲甘城外，在 Sin-MyarShin 庙群碰上了来自法国的一家三口 Gil、Michele 和 Martin。他们看见我穿着迪卡侬的衣服格外亲切。我们就这样因为一件衣服聊了起来。我给他们拍了张照并说要个 email 给他们发过去，没想到 Gil 把家里地址也给了我，跟我说以后去法国一定找他。说来也奇怪，如果是在城市里，无论如何我都不相信有人会因为一件衣服的牌子而邀请别人去家里做客，但在旅途中发生时我却觉得那么的理所当然。也许是因为 Gil 心情好，也许是因为我心情好，也许是因为这就是旅行者在路上交朋友的方式，什么理由都可以。

告别了热情的法国一家子，我顺着达宾纽西侧的小路往东门走。一阵风飘过，一只小鸟突然从树上摔了下来，看它在地上挣扎，估计摔得不轻。我走近蹲下查看，是只小麻雀，可能是折了翅膀。我四下看了看周边的狗，想了想还是把它捡了起来。一边走一边想我该拿它怎么办，还要赶路自己带着肯定不现实，但是放哪呢？还是把它送给谁呢？

正琢磨着，看见 YIYI 的姐姐 UOUO 和他男朋友两人正往这边走来。我赶紧低下头，怕她又缠着卖我裤子围巾啥的，但 UOUO 还是看见了我。这是第四次见面，估计她觉得缘分能改变我的想法吧，又拿出那几条裤子和围巾说给我当地人的价格。我又给她解释一遍：“我路上还很长，背不了那么多东西。”她也还是那套话：“我们老能碰上这次你得买了吧……”我摇了摇头正要走，她看见了我手里的小麻雀，问我能不能

给她看看。我便递给她，她小心翼翼地接了过去，看了看它的伤，问：“我可以留下它吗？”我一听喜出望外，没想到这么快就解决了这个问题。

把小麻雀托付出去后，我去了著名的 The Moon 餐厅对面的 YAR PYI 餐厅。先得说说 The Moon，说它著名是名副其实，很多资料里都会提到这家素食餐馆，最初我也是慕名而来。这里环境别致，服务周到，食物以西餐和改良的本地菜品为主，菜品考究，味道可口，确实是很不错的选择。我上次来时正好坐在篱笆边上看到了对面这家，YAR PYI 也是个素食餐馆。

这两家餐馆隔街相望，也就两三米左右的距离，The Moon 这边牌子上用英文写着“我们被你所有的旅行书所推荐”，下面列着如《LONELY PLANET》《ROUTARD》等向导书的名字；YAR PYI 这边写着“LONELY PLANET 可能没有提到我们（目前）但可爱的顾客会查看评论，我们才是最好的”。The Moon 这边写着“我们是蒲甘第一家素食餐馆，自 1994 年；YAR PYI 这边写着“我们不是这里第一家素食餐馆，但我们有好吃的食物”。YAR PYI 句句针对 The Moon，我很奇怪素来平和的缅甸人怎么也有这么较劲的？我得说 YAR PYI 的做法确实引起了我的兴趣，所以我今天来一探究竟。

我去的时候 YAR PYI 还没有其他客人，老板娘见我看都没看 The Moon 就直接来她家十分高兴，亲自过来帮我点菜。老板娘又高又壮，说话简练，服务亲切。她向我推荐了咖喱蔬菜和椰子米饭，然后转过身一抬手，边上本来聊天看电视的姑娘们就忙活起来了，一个接过单子，另两个就赶紧下厨房了。这时我才发现这几个姑娘都是老板娘的女儿，因为墙上在昂山将军和昂山素季的照片下面有她们每个阶段的照片。看上去这家有六个女儿和一个儿子，其中有一个女儿还上了大学。照片上还能找到年轻时候的老板娘，很有风采。这让环境朴素的 YAR PYI 更多了些温馨。

食物方面咖喱蔬菜中规中矩，比较特别的是椰子米饭，香糯可口很有回味。我一边吃一边看着老板娘在街上不停地招徕游客，但游客们却不约而同地走进了 The Moon。和对面的门庭若市正相反，直到我离开 YAR PYI，这边一直没再上过客人。从今天的比分来看似乎 The Moon 完胜，然而从老板娘脸上坚毅的表情，我仿佛看到了昂山素季般的执着。也许胜负还言之过早，这一俗一洋的两个餐馆间的战争想必还将长久地持续下去。

我吃完后，老板娘也给了我一张名片，希望我能推荐给朋友们。设计简单的单色名片，和 The Moon 的精美名片比确实差了不少。其实 YAR PYI 很不错，价格也比 The Moon 更实惠。我回来后在 Trip Advisor 的网站上查过，YAR PYI 排名第二。我有心跟老板娘聊聊，但对自己英文表达能力不太有信心，只是多给了她一点儿小费就离开了。

藏经阁前的摩的司机。

到了菩巴雅塔，我只是在门口站了一下，看到门口拥挤的人群突然就没有了想进去的欲望，于是转身环顾庙前的空地，寻找搭车的机会。当时运气很好，立刻发现一辆正要开动的警车，我跑过去问他们去哪，他们不会说英文但也明白了我的意思，指了指东边说警察局。虽然不知道警察局具体位置，但古城里就这么一条路，只要是往外走就都没问题。驾车的警官也看出我要搭车了，就指了指后面示意我上车，我高兴地跳上了皮卡。车果然驶上了出古城的路，没多一会儿就来到了东门附近的警察局。

下车后碰到了警察局领导，我怕给车上的警官添麻烦，就主动跟领导说你们的警员非常友好，十分感谢你们的帮助。领导听完很高兴地跟我握了握手。我看到后面还有十几个警员，就提议给大伙儿合个影。不过他们可能没听懂，只是让我和领导站到一起，我便又叫上了刚才送我的两名警官，我们四人合了影。谢过领导和两名热心的警官后，我就出城去等公交车。

在公交车站还有两名中年女士也在等车，两人都着传统服饰，个子高的一身孔雀蓝，另一位一身紫，都拿着小手包，看气质和我以前见到的当地女士截然不同。她们看我也等车，就在一边偷乐。我主动跟她们打了个招呼，她们也友好地回应了我，也就不再嘀咕了。

回去的公交车还是一样难等，于是我就站到路边试着搭车。那天真是车运甚佳，刚走到路边还没伸手呢，就有一辆灰色的老丰田车停在我面前。司机摇下车窗问我去哪，我说娘乌镇，他点了点头示意我上车。这也来得太快了，我都不敢相信，还向对方确认了一下，不是出租车。司机也冲两位女士说了几句，她们也上了车。

车虽然老些，但很干净，前风挡两侧还夹着两小簇鲜花，在空调的吹动下飘来阵阵清香。车主叫卓奥万，他说他是在新蒲甘地区开饭馆的，家住娘乌镇。还问我在哪个酒店，执意要送我回酒店，我说到路口就行了，不能太给您添麻烦。两位女士在瑞喜宫金塔路口下了车。我们微笑告别后，卓奥万还坚持要送我回酒店。我跟他说我还想先去别的地方，他这才作罢，到了路口拐下了大路才停车，真是太热心了。感谢过卓奥万，目送他离开后，我就去了 Weather Spoon's。

Weather Spoon's 是家餐馆，也是我在蒲甘最喜欢、最常去的餐馆，临走了我想找店主 Wintun 告别，顺便再去喝点东西。Weather Spoon's 很小，半露天的草棚下大概只有十张左右的桌子，L 形的墙面上写满了各国食客各种语言的留言。这家餐厅在美食街上算不上起眼，在 Trip Advisor 却是排名第一，每天用餐高峰期都很难找到桌子。虽然餐厅装修简单，但桌子的布置还是很精致。食物以西餐和改良的当地菜品为主，菜品不能说是让人垂涎欲滴，但也可以说是十分可口了，而且性价比极高。比如 Wintun 给我推荐的美式大汉堡，折合人民币 20 元多一点，但食材和制作水准不比国内星期五餐厅的 100 人民币左右的差。

这家餐厅是家族运营模式，后面做饭的是 Wintun 的哥哥和嫂子，在外面招呼客人的是 Wintun 和妹妹。Wintun 外表帅气，性格温和，说话也总是轻声细语的，很温柔，连帮客人轰流浪狗时都只是瞪瞪眼，扬扬手，从来不大声。每次上好菜后他总是带着他那柔柔的笑容过来问一下："一切都满意吗？"或"吃着还顺口吗？"让人感觉很温馨。

告别 Wintun 后，我回到 New Park，前台小伙子帮我找了个房间让我洗澡。收拾好东西没多久接我的皮卡就来了。一路开到新蒲甘附近时，日落开始了。我不得不说这恐怕是我这些天来见过的最漂亮、最华丽、最强烈也最完整的日落了。同车的法国人和美国人也在抱怨为什么走时才有这么好的日落。虽然我再没机会再上塔拍照，但我一点儿都不觉得遗憾，反正阴着天也是走，一路沐浴着阳光也是走，为什么不披着彩霞上路呢？就当是蒲甘最后又热情地为给我送行了。

送给店主 Wintun 的两张照片。
拍摄那天是天气最好的一天，
从 Shwe-gu-gyi 庙看蓝天下
的达宾纽寺就像天堂的庙宇。

千里迢迢却又失之交臂

对于去不去仰光这个问题，出发前我纠结过很久。因为从距离上讲，从曼德勒进出缅甸会更加方便，而从蒲甘到仰光要坐一夜的大巴。但因为著名的大金塔，我最后还是来了。可能是当初的犹豫暴露了我还不够诚心，虽然千里迢迢来到仰光，结果命运就真的没让我如愿以偿。

凌晨5点醒来，我的大巴在小雨中到达了仰光。坐了一夜的车后背疼得受不了，其实大巴条件挺不错的，卖点是大角度平躺座位，但我在倒数第二排，后靠背放不下去。

我打算坐公交车进城，但刚下车，出租车司机就已经围过来。这里的出租车司机不错，哪怕不坐他们的车，也很痛快地指给我公交车站，没有丝毫的不乐意。时间还很早，但公交车站已经有很多人了，每进站一辆车我都跑过去问是不是到市中心的苏雷塔。最后到底上的几路车自己也不知道，总之在车上站着比在下面淋雨好。仰光的公交车颇有20世纪80年代北京巴士的感觉，红色和黄色相间的那种，窗户是木框玻璃的，一开起来两侧的玻璃窗就会哐哐哐地响。破旧的公交车在路上穿行着，可能是我刚从乡村过来，觉得这里的凌晨很吵，不是玻璃的缘故，而是街上的嘈杂。

之前在蒲甘听BOB说仰光住宿性价比很低，第二天一早5点我就要去机场，所以不想费心找住宿的地方，直接去了佩佩介绍的最便宜的Mahabandoola旅店。这里的房间是两三平方米的木板格子间，木板也不封顶，所以除了要分享卫生间外，还要分享别人的电话粥、鼾声、闹铃和各种气味，总之6美元的价格在缅甸昔日的首府也就别说什么了。外出觅食前在隔壁的洗衣店留下潮湿的衣服，100甲一件，价格低到丝毫没有砍价的必要，这倒是让我很满意。

早餐慕名去了999 Shan noodle shop，老板Shan推荐了招牌面和炸豆腐，上菜时

他还给我露了一手，还没看清他的动作，一副头部套着塑料袋但尾部已经分好的一次性筷子就递到了我面前。我刚接过筷子，他又轻巧地把桌子上的胡椒粉瓶抛到了空中，耍了几个花样的同时也撒好了胡椒粉，又轻轻地把瓶子放回原位。这一整套动作简直太帅了，我都差点要给他鼓掌了。热面清淡可口，豆腐外皮松脆别有风味，正是淋完雨的我所需要的，但当时万万没想到的是，这是我在缅甸的最后一顿饭，不然好歹也会再要一份炒面的。

吃完出来，我打算溜达着去大金塔。小雨不断，我怕相机受潮，把背包背到了前面，打上伞抱着包一路躲着脚下的水坑就上路了。谁知道这时候厄运来了，下雨地太滑，为躲避汽车跳上人行便道时，我重重地摔了一跤，后背狠狠地拍在了地上，同时9千克的小背包也给我了重重一击。

捡起路边的伞，在原地缓了缓，迅速找了个写字楼到卫生间清洗伤口，一照镜子才发现，白T恤身后和短裤都黑了一大片，想到此行只带来两件T恤、两条短裤和飞机上御寒用的一身长衣裤，郁闷地想早上为啥要换衣服啊，这雨天如果晚上衣服干不了明天怎么上路呢。迅速评估了一下目前的情况，我决定放弃仰慕已久的大金塔回去洗衣服休息。

蚊子肆虐，一夜没睡好，4点爬起来收衣服赶飞机。因为腰疼背不动大包了，放弃坐公交车，5000甲打车直奔仰光新机场。

因为特价机票的原因，虽然缅甸在印度边上，但我今天还是要先飞去吉隆坡然后夜里再飞加尔各答。

Su-la-ma-ni 寺，这里有精美的壁画。

蒲甘平原。

娘乌镇。

印度式寺庙高耸的屋顶象征着圣洁的须弥山。

第 2 章

初到印度：这是个不可思议的国家

大城市里的森林

印度一直都在我的目的地清单上，因为这里有一种独特的气质吸引着我，首先是深厚的文化底蕴，尤其是这里浓厚的宗教色彩在全世界可谓独树一帜。此外这里的物价平易近人，可以令旅行生活更加从容，所以对于我这样执着性价比的人来说最适合不过了。

由于航班是晚上 12 点到达加尔各答，出发前桃子怕我转机太辛苦就帮我订好了第一晚距机场 3 千米内最便宜的旅店住宿。到达 Shree Shyam 旅店时 1 点左右，估计旅店老板压根儿就没想过会有通过雅高达（AGODA）过来的客人，所以他对我的到来和我对房间卫生状况的反应都是一样的意外。虽然早就听闻印度住宿水平普遍比较惊人，算是还有点心理准备，但身临其境仍然很难让自己心甘情愿去适应。其实后来想起来这里也没那么糟糕，就是很普通的印度客栈水平，这种质量的客栈后来也经常住，但不同的是价格要比这里低很多。这晚的价格很国际化（人民币 100 元），就连店主在听到我们在雅高达上的付款金额后都抑制不住流露出发自内心的喜悦，无奈的我只是跟他要了瓶水，他居然还是勉勉强强才答应。

第二天我搬去市中心热闹的 Sudder 街，找旅店又花了一整个上午。早上由于身上还没有卢比，但又不甘心中了机场外汇贩子的黑手（均价 100 美元换 5500 卢比），所以路边找了辆出租车直接裸奔至 Sudder 街换汇。Sudder 街作为旅行者聚集地，这里的汇率果然实在很多，100 美元可以换 6200 卢比，没辜负我饥肠辘辘地奔波这一早上。

虽然 Sudder 街附近的旅店很多，但考虑到卫生条件，其实选择余地也就并不太多了。我一边翻着《走遍全球》，一边挨家挨户找旅店，书里推荐的基本上我都看了一遍。除客满的没看到房间以外，我实际考察过的简直和书里出入太大了。比如推荐的 Hotel

Maria 旅店（我宁愿相信它名字里的 Hotel 只是字号的一部分，因为这里完全不像个酒店的样子），这里的条件简直就是噩梦，房间里有的床板都塌了，脏兮兮的床单就好像厨房里的围裙一样，价格倒是和书里一致 200 卢比（100 卢比折合人民币 10 元左右）。由于初到印度，看了那么多不堪入目的房间后我就一直在说服自己："这可能就是印度的住宿水平，别找了，试着接受吧……"但每次看见肮脏的床单、闻到发霉的气味时，我还是会扭头就走。

还好我当时坚持了，事实上这根本就不能代表印度的水平。我最后住的是一家叫 GOLDEN APPLE 小酒店的顶层，玻璃隔断的小格子间，有中央空调、液晶电视、无线耳机、储物柜和干净整洁的白床单，价格是 500 卢比。这个价格在这条街上并不算便宜，500 卢比完全可以找个单间了，但对连着两晚没好好睡觉的我来说，良好的卫生状况才是最能提升我舒适感的必要条件。虽然我经常执着几卢比的差价，但我对待旅行的消费标准也并不是单纯的体验最便宜。当然我的旅行消费观也更谈不上奢侈，我关注的是自己需要什么，在满足基本需要后重点考虑的标准则是性价比。

除了 GOLDEN APPLE 外，还有一个性价比不错的地方，是第二天我帮其他朋友看房时发现的，就是街外不远的 YMCA。一进门，踏上气派的木质大楼梯，就立刻能感受到很厚重的历史感。让我更心旷神怡的是三楼大窗户的景色，站在这个高度看，外面的加尔各答就像森林一般，一片葱郁的树影，仿佛一下就有了跳出嘈杂城市的错觉。从管理员那里了解到，150 年前这里是英国军官的住所，现在这里的价格是 800—1500 卢比。

投宿后我买了次日晚上开往菩提迦耶的火车票，最便宜的 3A（空调硬卧），虽然比没空调的卧铺贵，但差额也就人民币 30 元左右。我就当是买了份保险吧，毕竟带着好几万的设备坐一夜火车，中间至少也得有十几站的停靠，万一有什么闪失可能都够我在印度玩一两年了，所以还是稳妥第一。

我在加尔各答只待了两个白天，去的地方也不算多，只是在 Sudder 街方圆几千米内步行转了转，第一天去看的是圣保罗大教堂和维多利亚纪念堂。

圣保罗大教堂是座哥特式风格的建筑，很是气派。一进门右手边就是一组十分精美的雕塑，最里面陈列了一些女王小时候的物件。华丽的礼拜堂既安静又舒适，我在这里休息了一会儿，细细地欣赏了头顶漂亮的彩色玻璃窗。

从大教堂出来不远便是维多利亚纪念堂，可能是淡季的缘故，维多利亚纪念堂正在修缮，正门已被脚手架包了起来，进出都需要绕到背面。和安静的教堂不同，纪念堂里摩肩接踵，人声鼎沸，有点国内景点的感觉，毕竟印度也是人口大国嘛。纪念堂里陈列的展品数量众多，但可能是我比较外行的缘故，个人感觉无论是绘画还是其他艺术品相对于艺术价值而言，更多的价值是记录了印度旧时的模样。最让我不解的是其中大

多数是描述英国统治时期的印度。搞不懂印度人为什么要纪念这些，难道是为了勿忘国耻吗？相比之下我更喜欢纪念堂本身的浮雕和装饰，非常精美。在中心大厅随便找个长椅坐下，抬着头细细地观赏华丽的穹顶都是不错的享受。由于那天印度博物馆休息，所以我便在纪念堂多享受了一会儿嘈杂中的安逸。

回去时没走更近的原路，而是顺着有轨电车的轨道漫步到迈丹公园，所谓公园其实就是一片荒草地。加尔各答人在这里还是很享受的，有打板球的、野餐的、打牌下棋的、放风筝的、锻炼的、散步的、谈情说爱的……还有我这种四处闲逛的。虽然公园里有些泥泞，而且草也不修剪，甚至比我见过的很多草原的草都高，但就是这么块荒地也让我很是羡慕，反正北京市中心可没这么个能让你休闲发呆的地方。可千万别说北京多么寸土寸金，纽约不还有中央公园呢吗？桃子原来老说："没事时在北京唯一能做的就是'游车河'，现在又多了个项目叫'闯雾海'。"

第二天跟别人一起去的 Teresa 修女之家，说实话起初我并没有去这里的计划，因为没去之前我觉得来这里唯一有意义的应该是做义工，但我时间又没那么充裕，如果只在这里做半天的义工感觉好像也没什么意义。

直到看过 Teresa 修女的生平，目睹 Teresa 修女简朴的住处之后，才觉得那些理由都是自己给自己找的借口罢了。哪怕做几个小时的义工呢，只要能对别人有一点点帮助也是好的，勿以善小而不为。不过后悔已来不及了，只能现在检讨一下，但求日后改进。

在纪念馆里看到 Teresa 修女生前的一句名言：“我恐惧未来，因为我正在浪费今天。”我很有感触也很疑惑，疑惑的是不知道 Teresa 修女是在什么样的情况下说出这样的话，成就如 Teresa 修女这般的人也有感觉到光阴虚度的可能吗？或可能是永远希望自己能做得更多、做得更好吧。想到这里感触就更深了，Teresa 修女居然都有这样的忧虑，那我自己呢？每天混混沌沌地过能不恐惧未来吗？不过，每天好好工作、事业有成就一定是充实而有意义的一生吗？如果不是的话，生命的意义是什么呢？如果不明确生命的意义又怎么能判断什么是虚度光阴呢？……我承认这些不是我看了 Teresa 修女这句话才开始思索的，确实一直都有这些愁人的疑问。人都说三十而立，可我到了三十却开始了前所未有的迷茫，同样这个年龄，身边的朋友们成家立业，事业精进，我却越走越不敢走了，而现在更是干脆停下了脚步完全不知道该往哪走。总之，在看过 Teresa 修女这句话后又引起了我良久的恐惧感，不禁怀疑了一下人生。

十年没洗的床单

在加尔各答最大的收获不是漂亮的维多利亚风格建筑，也不是 Teresa 修女的慈悲心，而是认识了老虎、孜孜和小茆等人。很幸运能碰到他们，不只是因为我们前后脚到达加尔各答，又都会在差不多的时间去瓦拉纳西，更多的是大家在一起总是很开心自在。

最先碰到的是孜孜和小茆。我们是在 Sudder 街上最受欢迎的 Blue Sky 餐厅里认识的，他俩也是在这里碰到的，只是比我早一天。第二天和老虎一行人也是在 Blue Sky 碰面的，其实算不上巧，因为 Blue Sky 的食物和性价比在这条街里很出众，所以理所当然大家都会在这里相遇。说到食物，我很喜欢他们家的各种焗意面，虽然和印度其他地区同档次的餐馆价格在同一个水平，但这里的奶酪口感柔和，拉丝均匀，颇有马苏里拉的味道，让人吃着很舒心。遇到孜孜和小茆时餐厅里就我们三个是中国人，顺理成章地便凑到了一起。

聊到投宿经过时，他们也对 Hotel Maria 塌陷的床板印象深刻，孜孜和我一样是看《走遍全球》找到这里的，不过她看的是 2003 年版的，她调侃道："估计它们自从上了《走遍全球》后就再没洗过床单。"

孜孜是广西人，脸形清瘦，身材健美，颇有大明星 Zoe Saldana 的感觉，由于长期旅行肤色也有一点像。孜孜和老虎是职业旅行者，他俩有个微博叫"老虎孜孜环游世界 800 天"，现在已经上路有一年多的时间了，走过了欧洲、大洋洲、东南亚……也有不少粉丝。

小茆就是他们的粉丝，没料到在加尔各答和孜孜巧遇。小茆是个憨厚的小伙子，人也很有意思，英文只会 YES、NO、Hello、ByeBye 和 Fried rice（炒饭）。后来在瓦拉纳西再相聚吃饭的时候他跟我说："哥，帮我点个好吃的吧，这一路上光吃炒饭了……"小茆虽然英文不行，但毕业后仍一人勇闯东南亚多国，印度是他最后一站。

孜孜为人很仗义，虽然我们见面时她因昨晚赶专栏头疼不已，但听说我要办电话卡怕我上当，还是在回去休息前带我去了她认为最靠谱的店，并帮我跟店主交涉。由于对职业旅行者一直都特别羡慕，所以从维多利亚纪念堂回来后，我就打算晚上请孜孜吃饭请教一下。

在书里发现 Lytton 酒店的快乐贵族餐厅有牛排吃，赶紧约了孜孜一起过去。这家餐厅也是我的大爱，我要了份五成熟的新加坡牛排，肉质鲜嫩，汁香四溢，配菜的口味和肉食相得益彰，价格仅是 32 元人民币，让我对印度顿生好感。

我们聊到他们的旅行，她说这是她和老虎一致的选择，家里也很支持。她还说，身边总有人说羡慕她有时间有钱玩，但实际上谁都一样，不挣钱就会有时间，这只是个人选择不同，她认为如果自己都主宰不了自己的生活的话就太可悲了。我很羡慕孜孜的这份洒脱，觉得自己就是孜孜说的这种没能主宰自己生活的人。人想要的太多时，要做的就会多，要做的一多就往往身不由己了，停不下来，也不知道要到哪里去……有时候真应该停下来多想想再继续往前走。总之跟孜孜的畅谈还是很开心的，一扫旅途的疲惫。

老虎一行是第二天到的，老虎是那种外表很有威严，待人又彬彬有礼，很有风度的男人。据我观察，孜孜和老虎在一起时倒是孜孜显得脾气更大些，老虎则要温和很多。

加尔各答街头的出租车。

后来跟大家相处后，我很佩服老虎的为人，光看老虎对孜孜的那种包容，我就自愧不如。

晚上早早地我便收拾好东西准备去打车，赶往豪森火车站，因为之前听小茆说他昨晚打车花了 260 卢比，我知道他肯定是被坑了，所以多留了点时间打车、砍价。Sudder 街里停着的车都是等着坑人的，碰见我这样的都不愿意跟我多说一句话。我只好往街外走找路过的车，打了好几辆最后才有一辆肯打表，打表到火车站才 65 卢比。上了火车我就赶紧躺下，因为第二天 5 点便会到达目的地。

老实说，初到印度的感受不太理想，嘈杂的街道、拥挤的人群、飞舞的灰尘、满街的垃圾，时刻惦记着你兜里钱的小贩和司机……这一切的一切都很难让我喜欢上这里，还好这些在菩提迦耶都有所改变。

在印度工作的日本厨师

每当我跟别人聊到去过菩提迦耶时，人们总会问我是不是佛教徒。我也希望自己能有种信仰，就像给灵魂安个家一样，但又总觉得缘分还没到，也许信仰对于我们这一代人来说，注定不是件容易的事吧。

在我记忆中的菩提迦耶是个阳光明媚、空气清新，既干净又安静的小村庄，干净是相对城市而言，这里没城市那么拥挤，所以道路上垃圾和牛粪的密度明显比城市低很多，显得干净些。

淡季时这里除了各国的僧人外，几乎没有外国游客。据我观察，当时村子里外国游客好像还不到十人。菩提迦耶的景色谈不上漂亮，但不知道是因为刚从嘈杂的城市来到小村庄的缘故，还是因为对佛教圣地比较敬仰的缘故，在菩提迦耶的日子总让我有点世外桃源的感觉。要不是后来为了追赶老虎、孜孜他们，我真想在这住上一阵子。

即使现在想起，这里也是我在印度最喜欢的地方之一。

如果不是佛教徒的话，从旅游的角度来看，菩提迦耶确实没什么可逛的景点，只有考古博物馆和寺院。

菩提迦耶的考古博物馆门票很便宜，里面也没什么文物，主要讲述大菩提寺的历史。根据展板照片的介绍，大塔曾经破损相当严重，1886年开始逐渐修复，历经多年才有现在这宏伟气派的模样。靠里面的展厅陈列了许多塔身上雕像的放大版，都是寺中站在平地上看不见的，我在里面发现了不少印度教神明。也难怪，佛教晚于印度教的前身婆罗门教，婆罗门教又融合了佛教的一些理念形成后来的印度

大菩提寺。

教。一方面两种宗教颇有渊源，另一方面印度的神庙建筑风格总是很融合。我曾在一个网友拍的印度神庙照片上看见过疑似耶稣形象的塔身雕像。开始我个人理解是佛祖的塔出现的其他神明，表示其他神明对佛祖的敬重，就跟在中国王母娘娘过生日观音菩萨、原始天尊也会来朝贺一个道理。

因为是佛祖得道的圣地，所以许多重视佛教的国家和地区都在这小村庄里大兴土木，修建自己的寺庙。这些寺庙各具特色，目前最华丽的应该是泰国寺，但从现在不丹寺修建的气势来看，待其完工后很可能会超越泰国寺。庙内彩绘最漂亮的一定是日本寺，描绘的是佛祖成佛的典故，中间巨幅的众生图颇具震撼力，很有观赏价值。

日本寺每天早晚都有禅修活动，时间会因季节略有变化。从来没接触过禅修，人们在城市里每天上下班这么辛苦，生活节奏快得连发呆的时间都没有，怎么可能有时间禅修呢，但体验过才知道，禅修是件很美的事情，值得专门花时间去练习。

在日本寺禅修时认识了日本美女 Asami 和禅修时总睡着的 Hiroshi。Asami 长得神似郑秀文，是那种气质型美女，禅修完她总会在院子里的大树下坐一会儿。我也很喜欢那棵大树，但每次我们在树下聊不了多久就会被看门人以锁门为由请出去。后来想想，我觉得我们之所以聊得来，是因为我们英语水平都差不多，我不挑她语法，她也不挑我发音，谁也不笑话谁，交流嘛，总是要有个良好的基础。我还跟她学了几句日本话，刚学会GO NI CHI WA(你好)时，在回去的路上碰上位日本小伙子，我便主动打招呼“GO NI CHI WA”。日本小伙子立刻特别兴奋地用日语跟我说了一大堆，好像终于盼到能解一解乡愁的那种他乡遇故知的感觉，然后我就耸耸肩说：“方便说英文吗？”他便一愣，然后恍然指着我苦笑，好像是说：“好啊你，耍我啊。”

禅修爱睡觉的 Hiroshi 是日本寺边上 Bodhgaya Regency 酒店的日本料理厨师，后来我专程拜访过他一次。因为我很好奇为什么一个日本人要来印度的这么一个小地方

日本寺门口的大树下两个看门人的孩子。

当厨师呢？当然，还有一个原因是想吃日本厨师做的日本料理。

那天我没跟他打招呼自己就过去了，到了 Bodhgaya Regency 酒店才知道这是个高级酒店，心想看来这顿饭价格是低不了了，不过既来之则安之。我走进宽敞明亮的餐厅坐下，指明要点日本菜。服务员跟我推荐了半天印度菜和西餐，看我毫不动摇就叫来了老板，老板见我确实要吃日本菜，然后才让服务员拿出一张复印的菜单。我心想八成是后厨这会儿没日本厨师，不过大中午的厨师都不在岗，这日本酒店里日本厨师做的日本菜看来不是很受欢迎啊。

果然如我所料，过了好一会儿才见 Hiroshi 匆匆忙忙从外面跑了进来，他一见是我才停下脚步松了口气，走过来坐下推开我面前的菜单说菜单上太贵，让我直接说想吃什么。我其实不懂日本料理，于是说："这里是菩提迦耶，随便给我来点素食就行。"他想了想拿定主意后就进厨房了，过了没多久给我端上一碗面条。摆盘确实不错，但那面条的口味实在是让我太失望了，好在我也不是专门为吃而来，只是好奇这日本人背井离乡的来这里当厨师是个什么样的心态。

我一边吃一边与他聊，直截了当地问他。他只是淡淡地说，他喜欢烹饪和旅行，与这里老板在日本是朋友，所以朋友回国开酒店就过来帮忙当厨师了，顺便还能免费

旅行。他说的是那么理所当然，但我听着总觉得有那么些无奈的感觉。当我问他是不是成家了时，他就一笑，说："当然没有。"接着又说："可能在印度会遇到合适的人吧，也许是印度人，也许是日本人，最好是日本人……"

借宿中国寺

这些寺庙中我最喜欢的是中国寺，但当时到达中国寺还颇费了番周折。

在加尔各答时了解到这里一些寺庙是提供住宿的，所以就计划最好能住在中国寺或台湾寺，但也听说经常因客满或修缮可能接待不了，所以原计划 100 卢比搞定的 TUTU（印度摩的），我慷慨地出了 150 卢比，但附加条件是：直到我找到住处为止。凌晨 5 点下火车时只有我一个游客，虽然没拼上车，但这 150 卢比还是挺值的，一路上开了有一个小时的样子吧。

没想到在印度碰到的第一个骗子是在菩提迦耶，还没停车呢就碰到了这个家伙，他骑着个摩托车应该是在我进村的时候就跟上我了，但停车前我并没有发现他。他看我在中国寺停车就故意超到我前面跟我一起停车，好像是也要到这里似的。这个家伙身着粉色衬衫、深色西裤，头发油亮整齐，看上去还挺斯文的样子。下车后他用中文对我说：“你好。”

早听说这里好多寺庙的管理员都是印度人，我看他仪表整洁又会说中文，还以为他是中国寺管理员呢。便微笑回礼，并用中文问他是否会说中文，他愣了一下用英文问我是要住中国寺吗？我点了点头，看他不会说中文我略有失望。

他走到庙门口，大铁栅栏门是锁着的。他把里面扫地的印度小工喊了过来，说了几句当地话，然后转身对我说：“中国寺今天不能住了，因为要接旅行团。”我看了看紧锁的大门和这个家伙诚恳的表情，失望地相信了他，于是就询问台湾寺。这个家伙说：“台湾寺修缮呢，也接待不了人，要不你住西藏寺吧。”说话时略显兴奋，我看他表情有异不禁起了疑心，没立刻回答他。

他可能也是看出我有想法了，便双手合十对我说了几句，我没听太准确，但大意是：我不是做游客生意的，我是佛教徒……听他这么说，我倒不好意思了，心里自责怎么能这么轻易怀疑人家好意呢，连忙称谢。然后又问他越南寺，这个家伙听我说要去越南寺便说“我带你去”，然后跟 TUTU 司机说了几句话，就骑上摩托前面带路了。

等到了越南寺，门也是锁着的。这个家伙喊出里面的人，然后说了几句当地话后告诉我这里不接待外人了，你还是住西藏寺吧，然后我又看出他和刚才一模一样的那一丝兴奋的表情。我就很确定他有问题了，于是摇了摇头，跟司机说回中国寺。这个家伙又开车跟了上来，有点没弄明白，就用当地话问我的司机，司机可能是跟他说了我要回中国寺，他就改变了策略跟我说：“你不能这样对这可怜的司机，你要还不下车那车费得要 1000 卢比。”我瞪了他一眼，冷冷地说：“这跟你没关系。”

回到中国寺，我付了 150 卢比车费给司机，又来到铁门前喊过来里面的小工。小工不会英文，但应该也明白我是要进去，于是就把门给我打开了，并给我指了指大殿侧面的小屋。我走过去看门是锁着的，又回来问小工。我们俩比画了一会儿，我猜管事的应该是出去了，但一会儿就回来。

中国寺离台湾寺很近，于是我就去台湾寺转了一圈。我找到了台湾寺的管理员，但也是印度人，只能说英文。从他那得知台湾寺确实正在修缮不能接待客人，于是我问他能不能把行李放这里去找房，管理员很爽快地答应了。菩提迦耶不大，8 点前我就把周边都走了一遍，顺便看了几家的房，吃了个早点。

早饭后回到中国寺，发现侧面小屋的门就已经开了。在里面碰到了刚从大寺做完早课回来的阿黄和顿仁，两位国内来的小师父，也是这里的管理员。他们告诉我今天

没有什么旅行团，准确地说，今天就只有我一个借宿的。

阿黄带我去了后院的如意楼，这里的房间简直太好了，硬件设施绝对够得上国内三星的水平，还有贴心的 24 小时热水。整个如意楼就我一个人住，窗外是寺里的院子，躺在床上能听到院子里传来的鸟鸣声和附近寺庙的钟声，一下子就让我把早上所有的奔波与周折都抛到了脑后。舒服惬意至极！仙境，仙境！

菩提树下等落叶

乔达摩·悉达多离家修行一路来到了菩提迦耶附近，在这里的一棵菩提树下冥想 49 天终得正果，成为佛陀，当时他只有 35 岁。为了纪念佛祖在此悟道，阿育王在大菩提树旁修建了摩诃菩提寺，前来朝圣的信徒络绎不绝。直至今日，每天仍有世界各地的僧人远道而来，只为在茂盛的大菩提树下打坐礼佛。然而，准确地说菩提迦耶的这棵大菩提树并不曾为佛陀遮过风雨，那棵树很早以前就已死了，幸运的是在枯萎之前它的血脉已随佛法的传播漂洋过海安家于斯里兰卡的斯里摩诃菩提寺。现在菩提迦耶的大菩提树正是从斯里兰卡移植回来的，保持了正统的血脉。摩诃菩提寺就是阿黄和顿仁口中的大寺，也叫大菩提寺。这里当然是菩提迦耶的精华。

每天 5 点半大菩提寺就开始忙碌起来，天蒙蒙亮僧人开始做早课，念诵的经文我虽然完全听不懂，但每每听到总愿默默地在旁边坐一会儿。全天都会有来自世界各地的佛教徒们围着菩提树和大塔顺时针一边漫步一边诵经。尤其是清晨时分，在吵闹的大批印度游客到来前，大塔周围只有最虔诚的佛教徒，虽然也很热闹，但气氛显得分外和谐。

早上是托钵僧人化缘的时间，施主们会带着鲜花和食品坐在大塔边上的栏杆前等待着托钵僧人。

在大菩提寺众多施主中，有一位女士给我的印象最深刻，因为她的虔诚深深地触动了我。她五官清秀，总是一袭白衣，早早地就会提着一个青布手提袋和一瓶插满了百合花的花瓶出现在大菩提寺，然后默默地坐在角落边念经边等待着化缘的僧人。每当人群中有托钵僧人走过，她便上前行礼，然后往僧人的钵中塞几样食品，恭恭敬敬地双手奉上一枝百合花，待僧人接过鲜花，再双手合十目送僧人离去。直到送完最后一枝花后，她便坐到菩提树边做早课。

早课散去，大批印度游客开始陆续进入后，她便站到栏杆外避开人流，在大菩提树茂盛的枝叶下双手合十边踱步边念诵经文，累了就原地打坐口中诵经不断。别看她身子清瘦，但无论是站是坐后背都笔直笔直的，一副很有风骨的架势。直到晚课结束，她又会围着菩提树和大塔走上几圈，临离开时还会伏在树下金刚座的栏杆上默默祈祷一会儿，然后消失在暮色中。

一方面我特别钦佩她的虔敬，另一方面我也特别好奇，好奇她背后的故事，但我未曾过去打扰过她，总觉得如果打断她就好像是对她虔诚的亵渎一般。后来从侧面了解到她是泰国人，几乎每天都来，仅此而已。

虽然我不了解她的故事，但总觉得她背后一定有一股非同寻常的力量，无论这力量为何，现在在我记忆中她就如菩萨般地存在。

印度人的热情啊，对于初到印度的我来讲还真是不太适应。

我原计划是效仿佛祖也在这圣树下打打坐、思考思考人生，但毕竟没有佛祖当年“不证菩提，不起此座”的决心，且不说自己本身就易分心。每当我找个清静的角落坐下后，

大菩提树下祈祷的“白衣女菩萨”。

总会有人过来打搅我。有过来毛遂自荐当导游的，有想让我给拍个照的，也有想跟我拍照的，还有三个小伙子纯粹是过来打招呼的。

我在菩提树下坐得好好的，这三个小伙子就过来站在我面前。开始我并不想理他们，只是低头看我的书，但他们在我跟前嘀嘀咕咕也不离开，明显是在等我抬头。等我一抬头，他们仨就很自觉地在我对面坐下，跟我东扯西扯地瞎聊。为了赶紧结束谈话，我便主动提出来给他们拍个照。小伙子们一听很高兴，其中一位毫不客气地一把抓过我的书当道具，临走时还莫名其妙地想问我要点纪念品，理由是要证明曾见过我。我笑了笑说：“我又不是明星，就不必了吧。”

他们走后，我发现有一片我夹在书里的叶子被一个小伙子无意间捏坏了，当时心疼死我了，这是我在树下捡来的菩提树的叶子。原以为来菩提树捡几片叶子不是什么难事呢，可来了才知道，这大菩提树枝繁叶茂，壮得很，几乎就不见掉叶子，偶尔随

过来打扰我的三个小伙子。

湿婆的信徒。

风飘下一片总会落到谁的脚边，幸运者就会轻轻捡起树叶小心翼翼地收好，在周围人群羡慕的目光中微笑着离去。总之，虽然没人去抢，但大菩提树的叶子太难捡了。

来打扰我的人里也不都是让我扫兴的。最后一天有个持枪的警卫走到树下来叫我，我以为是查我相机票的呢，没想到他递给我几片菩提树叶。当我还想跟他确认一下是不是就是这棵树上的叶子时，他简单重复着“夜班、夜班”，我才明白应该是他值夜班时捡的。在我接过叶子还等下文时，印度大哥转身就走开了。我赶紧追了过去表示衷心的感谢，他只是笑了笑，指着我说：“我见过你捡叶子。”原来是看我等叶子辛苦，特意照顾我的。没想到能在临走时碰上这么位贵人，可惜当时我包里没带纪念品，也没能好好谢谢这位大哥。

印度的神数也数不清

我留恋菩提迦耶还有一个重要原因就是中国寺的阿黄和顿仁两位小师父对我实在是太好了，跟他们相处得非常愉快。两位师父都是从广州派过来常驻的，阿黄高高瘦瘦的，大眼睛高鼻梁，帅气不说还颇有罗汉的气质，他今年 27 岁，实际上还没有出家，在印度学巴利文。后来我问过他是不是想好了要出家，他说这要看师父，师父说过缘分到了再说，再等等。

顿仁今年 17 岁，但已经出家四年了。顿仁桌子上有本《新概念英语》，看样子是打算长期在这里修行。我去的时候方丈不在寺里，寺里一切由他俩做主。

我刚住下阿黄就很周到地问我是不是要用寺里的斋饭，我说那最好了，问好几点开饭后便回房间补觉。来菩提迦耶的火车上我是跟行李挤着睡的，睡眠质量极差，终于粘到舒服干净的床了，睡得是结结实实，用印度教的理念形容，可以说是睡到了“梵我合一”的境界吧。

再醒来时只听见阿黄敲门叫我吃饭，我猛地坐了起来，看了眼表，吃饭时间都过去半小时了，心里便咯噔一下，心想太罪过了，本来住寺里我就挺打扰师父们修行的，还没遵守人家的作息时间，太过意不去了。

我赶紧跑下楼，到饭厅时碰到做饭的阿姨，听她口音是福建或台湾人，她叨唠道：“你们这些大陆来的客人这时间观念啊……”我连忙欠身赔不是，阿姨见状也没再说什么。当时我心里暗暗自责，太不合适了，而且还让人带上大陆的一块说，更是惭愧。本来挺香的斋饭，这一来吃饭都不是滋味了。迅速吃过斋饭，我主动把桌子收拾干净，拿着碗筷进后厨找水池洗碗。管做饭的印度大妈看我进来示意我放下碗筷就行，我还是执意把碗洗干净放回原处后才离开。后来我也跟阿黄和顿仁当面表示了歉意，他俩都说“没事的，没事的”。

另一件事也跟吃饭有关。第一次跟他们坐在一起吃饭时，发现并没有人说话，感觉有点尴尬，我便主动找话题打破沉默，但他俩还是低头吃饭。我才意识到想必出家人有“食不言”的规矩吧，便赶紧住嘴，同时也感觉更尴尬了。

这时我才发觉无论自己多么小心、多么注意或多么想体验融入寺中的生活，毕竟自己是俗世中人，就像熊猫阿宝刚上山学艺时把山上搞得一片混乱一样。我这个局外人出现本身就已经打扰到寺中人的修行了。虽然这里包容好客，但作为借宿的旅行者我认为还是应该和寺中的生活保持些必要的距离，以免打扰他人，所以后来我就没再在寺中吃过斋饭。

虽然我这么不靠谱，但阿黄和顿仁他俩对我一直都很好。知道我要买火车票，阿黄亲自带我去，还给我当翻译。还有一次赶上我们都要出门，但天已经开始阴了，看我正犹豫是不是要出门，顿仁就塞了把伞给我，跟阿黄挤了一把伞出去。虽然都是小事，但还是让我很感动。

由于方丈不在，他俩平时还挺忙的，一直都没机会好好聊聊，直到我临走的前一晚。那晚我回来时看屋里还亮着灯，就进去找他们聊天，给他们看了“白衣女菩萨”的照片。顿仁说知道她，她天天都去，好像是泰国人……我还让他们帮我鉴定了一下我组图中的第一张佛教徒的人物是不是真和尚。因为那和尚给我讲故事要东西，跟国内大街上的“和尚”一个套路，让我不禁产生了怀疑。还好他们说：“印度僧人嘛，正常。”我这才放心。后来我们就一直在聊印度教和佛教。他俩给我普及了好多佛教知识，我也给他们讲了讲我所知的印度教皮毛。

我们聊得正热闹呢，进来个印度人用中文通知他俩明天去开会。我看他中文那么好，便问他中文跟谁学的，这印度哥们儿就指指他俩，阿黄一笑，说：“哪里，我们来时他就会说中文了。”他是我碰到的第一个会说中文的印度人，我哪能轻易放过，赶紧请教了印度教三主神印地语名字的写法，并问他如何区分湿婆派、毗湿奴派的信众。他很诧异我这么问，说印度教就是一个，不分那么清楚的。我说：“我在维基百科上查的啊，印度教分毗湿奴派 Vaishnavism、 湿婆派 Shaivism 、师摩多派 Smartism、性力派 Shaktism ……”

我原本打算分教派完成我的各宗教信众和圣地的组图。可这个印度哥们儿却说：“没听说过这些教派。”然后在我的本子上写下 10000000，说：“印度有这么多个神。”阿黄凑上来数了一下：“有七个零。”这个印度哥们儿又接着说：“其实都是一个神，其他都是湿婆的化身……”我知道这个印度哥们儿所谓的印度有 10000000 个神是逗我们呢，但确实印度教神学体系中有很多的神，也许没有他写的那么多，但好像也只能用不计其数来描述。他说的湿婆是印度教三大主神之一，俗称毁灭之神，其他两个主神是创造之神梵天和保护神毗湿奴，至于其余诸神大部分都是湿婆和毗湿奴的化身，

黄昏的大菩提树。

也称幻化（幻化梵文是 Avatar，英文也是 Avatar，中文就是阿凡达，这就是电影《阿凡达》名字的出处）。我原来只是在网上了解过化身的概念，本以为就是天神下凡尔尔，而今天是第一次听到一个印度人对其的理解，包括后来和其他印度人的沟通，我发现印度人的智慧实在了不起。化身这个概念一出，确实也就没有必要区分什么教派了，复杂的印度教立刻显现出了大融合的状态。而这种融合也可以延展到其他宗教，比如印度教教徒大多都相信佛教就是印度教的一部分，而释迦牟尼佛便是毗湿奴的化身之一。如此一来，“化身”一词便可完美地支撑起一个无比庞大的神学体系。至于前面提到过的为什么佛祖的塔上会出现印度教神明的形象，这个问题也就有了更好的解释。

印度哥们儿走后我们仨继续瞎聊，隐约记得还聊了佛祖的八大圣地、佛祖舍利分别的去向什么的，都是长篇大论的故事，不知不觉就很晚了。怕影响他俩休息，12 点前我主动结束了话题。回去休息前，我捐了点香火钱，阿黄还郑重其事地给我行了个礼致谢。我赶紧说：“惭愧了，这可真是不多，力所能及地尽点绵薄之力吧。”只是我手头也不宽裕，聊表心意而已。

读过《金刚经》后我才对布施有了更进一步的认识。所谓布施应该是一种自我牺牲的奉献精神，是为救助他人舍自己所不能舍，如佛祖以身饲虎、割肉喂鹰、兔子舍身待客这般为了利人而无我的供养才是大乘佛法菩萨道精神的布施。平时在庙里舍点香火钱或供奉些瓜果，无论舍多舍少，大多都是量力而为，又怎么能算是布施呢？

次日清晨 5 点多我下楼时，阿黄已在楼下等候。告别他后，我搭 TUTU 赶火车奔往圣城瓦拉纳西。

要蹭就蹭卧铺

来印度前，一提到印度火车，我脑子里反映出来的第一个画面就是只见人堆不见车的那张照片。我总觉得在印度要想蹭个车可是件很重的体力活，否则在车外挂上一路怎么能坚持得了呢？

而事实上，印度的火车并没有那么夸张。据印度人说，那张著名的照片是拍得某节日期间的一趟临客，大家都要搭车去参加集会。虽然事实没有传说的那么夸张，但蹭车的情况还是时有发生，但蹭车并不是件体力活，而是个技术活。

印度人蹭车是这样的，空调车厢没人蹭，因为列车员经常在空调车厢享受冷气；硬座车厢虽然列车员挤不上去，但蹭车的也很难挤上去；所以有点知识、有点文化的都是蹭 Sleeper（非空调卧铺），宽敞、舒适又安全。

据我观察和分析蹭 Sleeper 是需要一定技术含量的，首先得弄清楚查票的规律。可以说 Sleeper 不怎么查票，所以查票间隔很有操作空间。常坐某条线路的肯定都知道规律，所以蹭车的都会在某些站集中上车。

上车前他们会守候在月台，待列车靠站后便跟着 Sleeper 车厢跑，从铁框窗外往里张望，寻找比较空的车厢。选定车厢后上车观察哪个铺位没人就坐哪，一般坐几个小时就会下车，至于他们是真到站了还是躲避查票下去另换其他车，我就不得而知了。

那天在菩提迦耶去瓦拉纳西的火车上，我的车厢就很空。途中经过一个不知名的小站时，几个印度人在窗外观察后便上了车，其中一位身材肥硕的大叔走过我铺位时相中了我对面的下铺，可能看我是个外国人又不好意思过来，就站在我斜前方回头看着我，大概是在犹豫要不要坐。我当然不希望有人打扰我了，于是就低下头看书。没想到一分钟后，我再抬起头时，他还站在原地保持着走过去但又回过头的姿势正琢磨呢。目光相遇，我礼貌地冲他笑了一下，他就像得到了我的许可，面无表情很自觉地坐到了我面前。

这位大叔看上去应该在40—50岁，杂乱的头发，穿着一件脏兮兮的白衬衫，右手带着三枚金戒指，坐下后就甩掉鞋，把脚搭到了我的铺位上。我故作镇静，没立刻动地方，以免大家尴尬。

坐了一会儿，大叔从裤兜里掏出一小包东西，胡乱一扯撕开包装，但洒了自己一裤子，不过他好像没在意。接着他又把里面的深色粉末倒入右手手掌，然后粗壮的大手猛地往嘴里一送，一半送进了嘴里一半留在了脸上。看他的样子丝毫都不介意，也不擦擦脸，紧接着又摸了半天掏出一个白色的小包，还是粗鲁地一撕，然后倒出白色粉末……这时我才看清原来是咖啡和伴侣。我心想这吃法也太不讲究了，但吃咖啡居然还不忘配伴侣，真是，真是够务实的啊……

嚼完咖啡后大叔也不去水池洗手，而是拿出一瓶水在原地洗，水就倒在两铺之间，溅了我一鞋……我把鞋往边上挪了挪。他当然不会注意到我的反应，自顾自地在裤子上擦了擦手就开始吃面包了。

这时来了个乞丐，指着他的面包发出两个音节，好像是说“给我”，要的特别理所当然。大叔也不客气，粗鲁地回应了一个音节，也不知道他说的什么，气得乞丐都还没向我伸手呢就甩手走了。

后来在印度时间长了才发现，像这位大叔这样吃咖啡的印度人并不少。街头小卖铺里一般都挂着一串一串的小包装咖啡，经常能看到车夫或边上的小贩过来买上一两包，就像我们小时候放学路上买小吃一样。

大叔下车后没多久便到了瓦拉纳西，过铁路桥时从河面上看圣城很有威尼斯的情调，当时盘算着泛舟在恒河之上应该是最好的拍摄角度，但谁知后来圣城并未让我如愿。

刚到瓦拉纳西，圣城就给我来了一系列下马威。先是过打车这关，从瓦拉纳西火车站出来就被 TUTU 司机一路围追堵截，不是我不想坐 TUTU，但他们的价格太混乱了，要几百的都有。最后花了我好长时间才搞清这里的价格水平，50 卢比打了人力车去恒河南段找小茆、老虎、孜孜他们。原来还觉得加尔各答土多、人多、噪声多、垃圾多、牛粪多……但一切纪录都被瓦拉纳西大幅度刷新了。还有这交通状况也太混乱了，野蛮的摩托车、霸气的汽车、疯狂的 TUTU，还有无敌的圣牛，全挤在了路上，于是汽车鸣笛催 TUTU，TUTU 鸣笛催摩托车，摩托车鸣笛催人力车，人力车居然换上了电铃铛，也铃铃铃个没完没了……混乱至极，就连我的车夫都走一路骂一路。也难怪，在这种情况下正常人都能逼出暴脾气。接着就是我的手机，几分钟不碰手机，再拿出来看定位就得先擦去屏幕上的灰尘，但我再怎么擦我的诺基亚也没用，因为自从进了圣城后我用的 AIRTEL（印度通信公司）就再也连不上网了。

最后好不容易才挨到旅店，但圣城还没放过我。倒不是因为房间不好，其实房间还挺不错的，是小茆精心选的，老虎、孜孜也住在这里，但老板就太不地道了，告诉我明天才有我的房间，今天没给我留，让我跟小茆拼房，还收我 350 卢比，等明天小茆走了我住他的房间，价格 700 卢比，但实际上小茆的价格是 450 卢比，老虎、孜孜双人是 600 卢比，真不知道这老板怎么想的，难道是因为当时小茆外出，老虎、孜孜在房间睡觉，知道我们之间一时联系不上？当时脾气也躁，我就直接戳穿了他，他愣了一下然后告诉我："也不是啥大事。"我说："是没多大事，但有失公道。"说完我背上包就走了。

后来我在不远的地方找到了一个高级很多的酒店 Heritage Hotel，意外的是跟老板沟通很顺畅，价格从 2500 卢比砍到了 1000 卢比。因性价比太高了，于是就同意自己小奢侈一把。老板嘱咐我一定一定不要把这个价格告诉别的住客，否则这个价格就没有了。不过最终我也只在这里享受了一晚，后面几天这里都被订满了，我又搬到了 300 卢比的小客栈。

就这样一关关地考验着我的脾气，好不容易才算在圣城落了脚。

后来想想我怎么到哪都是为打车、找住宿而着急上火呢？我当然知道是为啥，不过这么多年我也没得改了。跟大伙儿会合后，有一次老虎看我和孜孜叫 TUTU，为几十个卢比赶走了十几辆车，虽然最终我俩还是成功了，但老虎就跟我说，原来他也这样，但后来就不这么较真了，有时候差不多就得了，比如打车这事几块钱的车资对我们并不重要，重要的是能迅速安全地到达目的地。虽然我不一定改得了，但我觉得老虎说得很在理，毕竟工作这么多年了，几块钱当然不算事儿，但每次看到价格不公道时还是忍不住要抗争一下……

恒河夜祭并不是表演

在迈索尔的美术馆里听到过一个关于恒河的传说：上古时期，人们为了让自己死去的家人灵魂得到净化，进行着艰苦无比的修行。他们的苦行感动了天上的银河女神，女神答应用银河之水净化这些灵魂，但河水从天而降威力巨大，若直接落入人间非毁灭不可。于是湿婆神在银河落入人间前接住了河水，河水落在湿婆的头上，被大神的头发分成若干威力较小的水流后再落到喜马拉雅山。河水流经的地方，可以使灵魂得以升入天堂。这落入凡间的银河从喜马拉雅山流入印度，就成了人间的恒河。后来银河女神也被称为恒河女神。为感谢她和湿婆神的恩泽，人们每晚聚集在恒河畔举行祭祀活动。

在圣城看过几次夜祭，雨季每晚都是7点正式开始，大概持续一小时。开场前总会有人不断向你推荐靠岸的船上的座位，但我个人感觉完全没必要，因为夜祭过程中婆罗门祭司会持所有法器将同样的动作朝四个方向各完成一遍，所以在哪个方向看都不要紧。唯一有关系的是距离，所以不能去太晚，不然就只能隔着人海眺望了。比如在达沙诗瓦麦这样的大石阶码头看夜祭，每到晚上石阶码头就变身为大剧场，一层层挤满了看客。说实话第一次看夜祭时我并不喜欢这个活动，动作单调没有观赏性，环境吵闹毫无享受可言，后来又因为身边壁虎、青蛙和蛇的陆续出场我就中途退场了。

关于恒河我曾计划了三件事：一、在圣城顺恒河岸边走一遍，二、日出时乘船从河面上顺光拍一张圣城与恒河，三、在恒河上划船游石阶码头。但计划总是赶不上变化……

雨季的恒河水位上涨，各石阶码头都没过了大半，河边已经无路可走。看夜祭时，身边的斯洛伐克帅哥告诉我两天前因水流太急，恒河上一艘载着70人的游船沉没，20

恒河日出。

人遇难，所以圣城封河，恒河上已经看不见一艘船了。听说船难后便对划船游恒河不抱希望了，但当我发现还是有人推销坐船看日出时，便和老虎、孜孜、三月等人喜出望外地订了艘船，没承想划出去刚20分钟船就掉头了。我和孜孜跟船夫交涉良久未果，即使说现在回去就不给钱了船夫都不肯再往前半步，称再往那边就会被抓的。看大局已定，我赶紧问船夫要过船桨划了几下，虽然只有20米，但也算了却了一个心愿。

我总说只要有缘分就不会错过，事实也不断在向我印证确实如此。

第一次与夜祭失败的相遇后就不打算再看了，但由于自己计划的几件事都无法进行，于是就跟别人一样去看夜祭去了。我无意中走到了一个叫Assl的偏僻的小石阶码头，偶遇了一场没有音箱、没有乐队、没有主持人、没有小贩，也没有我们这些游客的夜祭，真正的，属于恒河，属于印度人自己的夜祭。这个时候，我才恍然，原来夜祭并不是表演，而是恒河畔印度人的生活。和吃饭、睡觉一样，每天日落时，婆罗门祭司为忙碌了一天的村民祈福。仪式结束后村民们亲吻恒河水带着祝福而离去，就是这么简单。看过这原汁原味的夜祭后我不禁感叹，印度人居然还能保持这么传统的生活方式，不明就里的我开始还把它和我们庙会里的祭天仪式画等号。想想我们经常笑话印度人原始、落后，实际上我们却已经先进到没有传统可言了，这难道不可笑吗？

恒河晨祭。

恒河夜祭。

方生方死方死方生

在瓦拉纳西，大家散伙前一起去参观了鹿野苑。除了那天老虎因为有事要处理没去成外，我、孜孜、小茆、三月、小蒋五个人拼了一辆 TUTU。由于司机说城里禁止前排超过两人，所以我们后面挤了四个人。其实在印度这个人与人之间零距离的国家，经常能看见拉十人以上的 TUTU 穿梭在车流中，但对于我们这些不知瑜伽为何物的异乡人来讲，一路上走得很辛苦。尤其是三月，一直抱着比他还高的小蒋，路上又颠、时间又长，换我早受不了了。三月却一声都没吭过，真是一位吃苦耐劳有责任感的好同志。

鹿野苑是佛祖初次讲法的地方，也是最早安放佛祖舍利的地方，所以这里有世界上最早的舍利塔。舍利塔跟蒲甘的塔是一个风格，很朴素。旁边的佛堂建筑群遗址只剩下了矮矮的墙根，我们找到佛祖曾冥想的房间遗址，争着坐上去拍照，都想体验一把灵性的穿越。漫步在禅堂之中，幻想 2500 年前的样子，有种穿越时空的错觉。

在鹿野苑遗址公园玩得太久了，严重压缩了我去博物馆的时间，因为小茆那天要赶火车去阿格拉，离开前最后的 20 分钟，我没跟大家一起去看大佛像，而是跑去博物馆“到此一游”。

鹿野苑的考古博物馆很值得一看，虽然规模很小，但件件都是这圣地里出土的珍品。我飞速走过一件件展品时，看见一位白人姑娘坐在一尊很精美的佛像前发呆。唉，太羡慕她了，博物馆不就该这么品吗？

这里最珍贵的是要数阿育王石柱上的法轮了，也是印度国旗上的图案，但据我观察，这法轮的完整度也就剩 5% 了。我最有兴趣的就是它。现在我们拜的都是佛，据说佛祖的年代拜的则是这法轮，是一个抽象的符号。佛祖的理念是拒绝偶像崇拜的，不知道佛祖冥冥之中看到后世的行为又会做何感想！

时间过得很快，从博物馆出来，我飞奔与大家会合。

回国后我发现有一件事特别有意思，每当提到瓦拉纳西就有朋友问我脏不脏？牛粪多不多？看没看见尸体？……听到我回答是后，朋友们就特兴奋，也特满足，然后就不再问别的了，好像就是为了从我这里印证一下自己对瓦拉纳西的认知似的。

每次都这样，我不禁纳闷，应该没人喜欢脏乱吵的环境以及牛粪和死尸吧？如果这三样都没人喜欢，而瓦拉纳西又只有这三样“旅游资源”的话，为什么还要去呢？是为了标榜自己去过如何另类的地方而来瓦拉纳西吗？回去后只是给别人讲这里脏的有多么不可思议吗？……想不明白，既然不喜欢何苦勉强自己呢？去做点让自己身心愉快的事岂不更有意义？

确实，瓦拉纳西脏乱差的事实客观存在，我也都切切实实体验到了。我曾近距离与一具被烧得肢体断裂的尸体意外遭遇，心里碎得稀里哗啦，一点儿也没有心理满足的感觉。所以说，拿脏乱差恶心当看点的恶趣味旅行我是不能理解的。我相信这也不是圣城真正的精髓。

来圣城应该是看生死，这才是这里的特别之处。印度教教徒相信恒河能净化灵魂、承载灵魂，所以婴儿出生要在恒河接受洗礼代表祝福；逝者要先沐浴恒河洗清罪恶，火化后再入恒河使灵魂随母亲河进入下一世；同样地，未经人世的僧人、夭折的儿童、圣牛的尸体也都会进入恒河，送其灵魂上路。

我发现印度人对待死亡的态度也很与众不同。在瓦拉纳西的大街小巷里，经常能看到男人们扛着裹好的家人的遗体往玛尼卡尼卡石阶码头送葬的场面，在烧尸码头也能见到家属在一旁等待火化的场面，但我从没听见过任何人哭。我原来也送过自己的奶奶，那种失去亲人的惋惜、痛苦与不舍交织在一起，很难抑制住情感和泪水，印度人怎么就能如此淡然呢？

印度教是相信轮回的，当家人离去，他们知道家人的灵魂只是去了下一世而已，也许是更好的地方；死亡也不是生命的终点，而是另一段旅程的起点。这很像庄子所谓的“方生方死方死方生”的境界。

我想这就是信仰的作用，让人能面对死亡，而不是惧怕它，

没有恐惧才能得到内心的平静。我理解的应该只是皮毛，毕竟我不是来寻求信仰的，未来也许会吧，但不是现在。

能理解印度人眼里的瓦拉纳西是什么样子，才会理解圣城神圣在哪，所以说在这神圣的地方脏乱吵还能是什么大事呢？一个印度人想寻求灵魂的净化难道会因为恒河水脏就不往里跳吗？

对于好与坏并存的圣城，我们爱它的好，恨它的坏，爱得深恨得就淡，恨得深爱得也就薄，或许这才是我们对圣城瓦拉纳西的情感吧。

第 3 章

逃离北印计划：谁没被印度折磨过

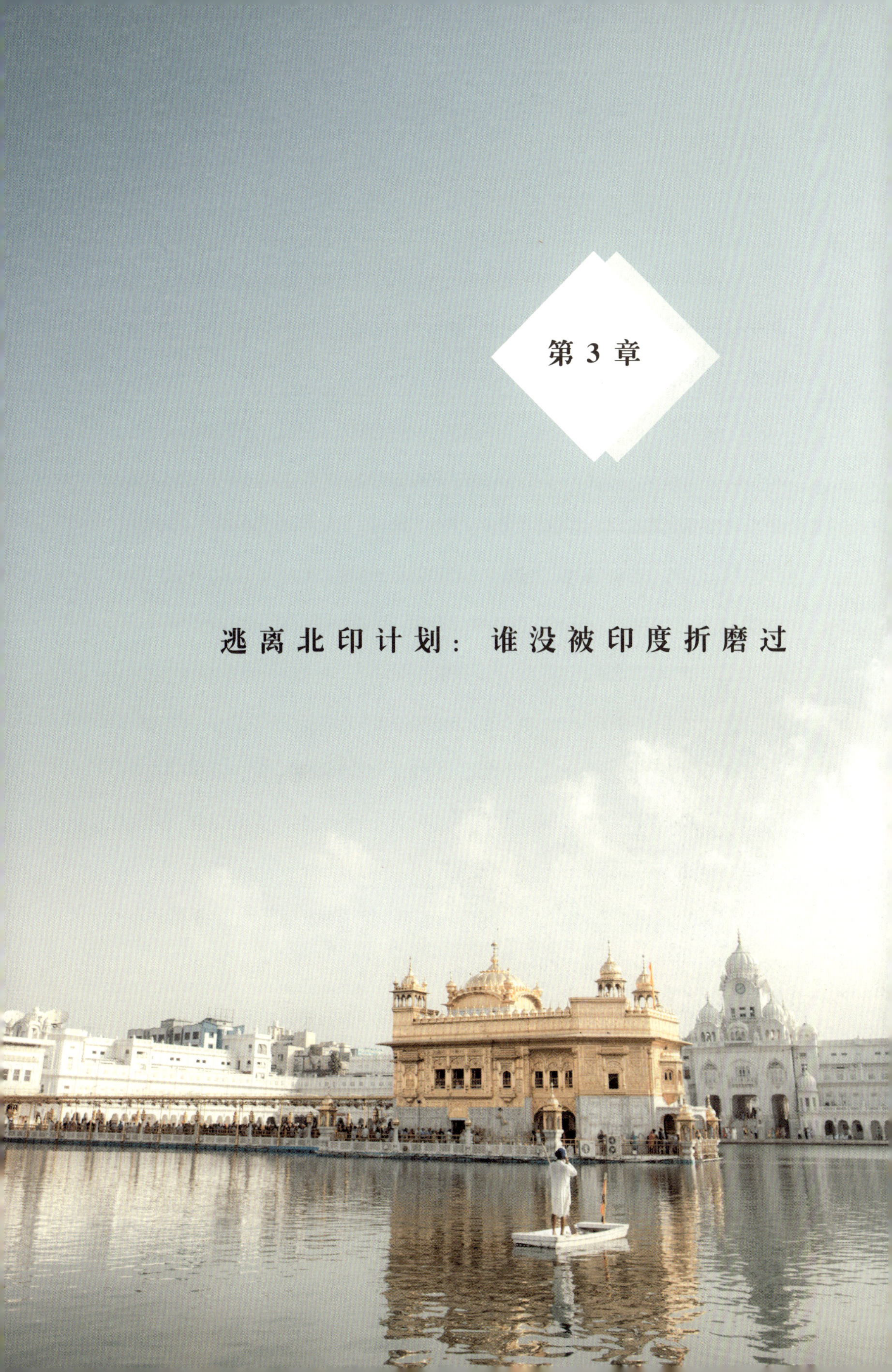

月光下的泰姬陵

在去克久拉霍的火车上发生了两件事，第一件事是我在印度第一次腹泻，从此标志着我在北印噩梦的开始。生活总是这么公平，一件坏事的发生又伴随了一件好事的出现，第二件事是我遇到了剑宁、宝哥、琪琪和小丽。

目测琪琪和小丽相差 10 岁吧，琪琪说她是小丽的姑姑，但俩人好得跟姐妹一样。宝哥是琪琪的男友，尼泊尔人，长得酷似微胖版的黄晓明，他在孟买留学六年后回尼泊尔开客栈遇到的琪琪。宝哥可是厉害，唱歌、跳舞、吉他样样精通不说，还能讲尼泊尔语、印地语、英语和中文。宝哥是个特别细心、体贴的男人，用一句 TVB 版《鹿鼎记》的台词来形容最合适不过了："有了小宝，生活变得很轻松。"有宝哥一路上帮大伙儿安排一切，我也跟着沾光，幸福指数急剧飙升。其中和我最聊得来的是剑宁，剑宁当初是在宝哥的客栈里碰上琪琪的，这次是原本打算去尼泊尔开客栈，约了琪琪一起去考察，结果客栈还没开成，她们就拉上宝哥跑到印度来玩了。剑宁性格豪爽得很，虽然初次见面，但彼此一见如故，还没下火车呢就决定跟我搭伴去斯里兰卡。但当时没想到的是相识不久我们就分开了，更没想到的是后来居然还有机会再次结伴。

有了宝哥，找 TUTU、找住宿就不用我费劲了，很顺利地我们就住到了非常理想的酒店 Surya，而且价格才 450 卢比一间。

吃早饭时我们一起碰了下行程，我次日一早去阿格拉的火车票是在瓦拉纳西就买好了的，他们为赶我时间也在酒店里买好了次日的火车票。

我们的酒店以 Surya 命名，是吠陀教太阳神的意思，但迎接我们的却是连绵不绝的细雨。上午我和宝哥租上自行车冒雨去了最远的南庙群，开始细雨洒在身上还有一丝凉爽的惬意，但出了村子细雨就变中雨了，所以没能好好欣赏村外的田园美景。以前只知道性爱主题的雕刻是克久拉霍的精髓，没想到这里的田园风光也有世外桃源般的美丽，又是一处远离喧嚣、浮华的宁静之所在。

我们上午大部分时间在杜拉代奥神庙避雨，里面小密室里供的是湿婆的林伽，后来看维基百科上说这是一件复制品，但从旁边的鲜花和供品不难看出这里仍然延续着香火。大殿里飞天仙女的雕刻表情生动，动作优雅，可谓鬼斧神工。

由于雨太大了，我们出不去，也没其他人再进来，我和宝哥还有杜拉代奥神庙的看庙人就席地而坐聊起了长天。宝哥跟他用印地语交流，时不时给我翻译几句。他告诉我们，杜拉代奥的意思就是新郎庙。新婚前，新郎要在这里关一天，至于是学习雕刻中所记载的繁衍技能还是供奉林伽以求后代延续我就不明白了，我让宝哥帮忙问看庙人，为什么克久拉霍的神庙会有这么多性爱主题的雕刻。他告诉我们，Chandela 国王路过此地，见这里人烟稀少，于是两天半建成 85 个带有各种性爱姿势的庙，教当地居民繁衍后代。

他见我们对这些雕刻感兴趣，还冒雨带我俩在庙外转了一圈，给我们指了几个这座庙独有的雕刻姿势，由于雨太大，没来得及看清我就躲回了庙里。后来雨稍微小了点，宝哥便提议冒雨继续赶路。

宝哥，胖版的黄晓明。

这是给我们讲故事的看庙人。他 12 岁的时候娶了 13 岁的妻子，20 岁刚出头的他现在已经有了第三个孩子。

雨是一点也不见停，我俩骑行去了最远的恰杜尔普贾神庙。庙很小，中心庙室有一尊保存完好、雕刻精美的巨大神像。这里的看庙人告诉宝哥，这尊神像是由湿婆的头、毗湿奴的身体和奎师那的腿组成。还说这里看夕阳特别美，不过这回我是没这眼福了。

下午大家一起去了最精华的西庙群。西庙群保存得非常好，刚进门就是一尊异常精美的野猪外形的神像。这是毗湿奴的一个著名化身，叫筏罗诃（Varaha），是打败恶魔用獠牙把大地从大海中托起的英雄，经常被描绘成野猪头人身。

再往里走的几座庙就是最精华的部分了，布满了千奇百怪、栩栩如生的性爱主题雕塑，对于从小就不知卫生教育课为何物的我来说简直叹为观止。如果庙是神的居所，在神的家门口刻这个是为啥呢？有什么讲究或缘故吗？……总之我看了一路，迷惑了一路。

后来在印度我也请教过好多人，说法不一。除了上午的版本，也有人说是因为建造它的国王 Chandela 非常擅长房事，决定将其毕生绝学记录于此传于后人；还有这么解释的，是因为当时伊斯兰教入侵，当地印度教为了保存实力吸引教众，于是建了些性庙吸引人过来……

众多说法之中，我原本比较青睐的是印度教某个教派相信人体就是宇宙映射，宇宙中的能量也存在于人体内，男女交合过程便是人体与宇宙合一的境界。就我个人理解，这种理论基本符合印度教“梵我合一”的教义，也符合阿育吠陀能量传递的理论，貌似挺合理的，但转念一想，还有人兽呢？！这恐怕是太难有定论了。

原计划还要去东庙群，但因我腹泻和绵绵不断的小雨，大家就回去休息了。那天晚上是满月，我们在当地餐厅 Raja 一边享用美食一边赏月，好不惬意。那晚我们吃了美味的玛萨拉羊肉和唐多里烤鸡，再吃到这样的美味就是很久以后的事了。

病在了此行最贵的酒店

白天的火车比晚上的更难熬，还好有剑宁他们几个做伴。我一直拉着宝哥聊天，聊到圣牛时，宝哥给我普及了点新知识。他说圣牛指的是黄牛，并不包括水牛等。后来我在南印还看见过乳牛也在街上横行，遂又起疑惑，后经多人指点得出以下结论：圣牛没有特别的种类，在北印一般指的是当地特有的瘤牛，耳朵短而松垂，牛角向后卷曲，颈部下有很大一片垂肉。来印度前我从没见过，但这种牛在印度很常见。在南印圣牛还包含乳牛等，但均不包括水牛。因为水牛被视为邪恶的象征，有个故事里的恶魔就是水牛头人身，最后被象征一切正义与力量的女神杜尔迦铲除，所以多臂的杜尔迦女神脚下总踩着一个水牛头。

印度人供奉圣牛，是因为湿婆的坐骑是牛，名为难提。在印度，和圣牛朝夕相处，已经习惯了它的存在。有一次，我也试着摸了一把这圣物，但摸完就后悔了，太脏了。不过印度人认为这能带来好运，所以经常能看到走过圣牛旁的印度人会有意无意地摸一下或推一下，就好像在跟身边的牛说：“借过。”

圣牛就是印度人生活的一部分，但在现代社会圣牛经常会带来混乱，首当其冲的就是交通问题。在路上行驶，有时突然就会慢下来，一般情况都是前面路中间趴了头圣牛，车辆不得不纷纷减速绕行；有时圣牛干脆就霸占了道路，迫使你改道。但任性的圣牛也不是每次都能得逞，偶尔也有例外的时候。有一次，大家在瓦拉纳西漆黑的小巷里与一头发怒的圣牛狭路相逢，见它行动异常，身边所有的人立刻都贴墙而立，瞬间有一种过奔牛节的感觉，就这样圣牛占据了街道良久。僵持了一会儿后，一个持大木棍赤膊的壮汉出来解围，圣牛见他一出现立刻就跑，但壮汉还是给了它一棍并追赶了一小段。我分析壮汉应该是圣牛的主人。是的，圣牛也是有主人的，只是散养在街上而已。有时圣牛跑得离主人家太远，人们还会骑车把牛牵回来。

除了湿婆坐骑的说法外，还有一个传说是这样的：上古时代生活环境恶劣，人们吃不饱穿不暖，于是神就为人们造了牛，喝牛奶可以充饥，烧牛粪可以取暖，所以人们便善待这神的恩赐。除了牛奶能喝，牛粪能烧以外，聪明的印度人还利用圣牛的其他用途，据说印度车辆出险后若找不到肇事者，经常还会用圣牛来顶罪，无奈的保险公司也只能乖乖理赔。

宝哥因为客栈有事要处理，只能在阿格拉陪我们待一天返程。火车上我还信誓旦旦地跟大家说宝哥走后我照顾大伙儿呢，结果到了阿格拉就变成大伙儿照顾我了。

在火车上便有了些端倪，由于拉肚子，所以整个白天我几乎都没有进食，一直都处于饥饿状态。下午又觉得腰部隐隐作痛，当时并没太在意，以为是长时间坐火车血脉不畅，便躺下休息。晚上到达酒店时我仍然感觉腰部、腹部疼痛不已，自我安慰不是饿的就是长时间坐的。所以还跟大伙儿跑去 MAYA 大酒店吃唐多里烤鸡，结果烤鸡还没上我就感觉出不妙了。当时腰疼越来越明显，这时我已经很理智地意识到这跟坐火车和饿肚子没有任何关系，便赶紧逃回了酒店。

第二天一早，我的腰疼还在继续，不巧的是琪琪身体也不适，宝哥要带她去医院买药，顺便也带上了我。接待我们的医生是个戴着宽边金丝眼镜的中年人，虽然当时我精神状态不佳，感觉自己已经开始发烧，但我的注意力还是被他脖子上挂的金色听诊器所吸引。我不禁在想，印度人是有多喜欢金色啊，说不定印度土豪家连马桶都是金的呢。

以往生病我就喝点粥吃点青菜，但在印度的这几天里我好像从来没见过这两样东西，所以特意让宝哥询问医生发烧腹泻时应该吃点什么比较合适。医生说：“不能吃太油，不能吃辣……吃点苹果、香蕉和米吧。”是啊，这是在印度，不能油还不能辣，还能有什么呢？

在医院，宝哥一直跑前跑后，最后还帮我垫了钱。什么时候想起这段旅程，我都觉得能碰到宝哥真是太幸运了。

下午琪琪、小丽陪宝哥逛了泰姬陵，剑宁由于打算和我去斯里兰卡，干脆就留在房间里一直看书，等我病好后再逛阿格拉。

晚上，他们在酒店楼顶的观景餐厅吃大餐，我遵医嘱吃了碗米饭就回去继续睡觉了。当时的精神状态只能用昏天黑地来形容，晚上宝哥回加德满时我都没能去告别，只是夜里醒来时补了个短信祝平安。

第三天醒来烧还没退，但我再也睡不着了。开始瞎琢磨，于是烦恼也就找上门了。首先是预算的问题，这个酒店要1500卢比每晚，是桃子在我们到阿格拉前觉得我之前住得太辛苦，帮我们订的房间，但没想到病在这里了，这是我在印度住得最贵的几天，不过还算舒适……

醒来后还是浑身疼、肚子饿，心情坏到了极点，心里不断埋怨自己为啥跑这么个破地方来？图啥呢？

接着开始琢磨下一步对策，万一真是旧病复发我就得赶紧回国治疗，如果只是因发烧引起的急性肾炎，退烧后还能上路……可剑宁咋办啊？人家还在等我呢。想到这里，我赶紧爬起来去隔壁找剑宁，跟她说了一下我现在的情况，并建议她别因为我耽误太长时间，斯里兰卡不敢保证一定能去，唯一能保证的是待病情稳定后去趟泰姬陵而已，后面怎么安排只能走一步算一步了。剑宁只是让我安心休息，别的什么也没说，这更让我心里过意不去。

第三天晚上烧终于退了，我饿得都不知道用什么形容好了。剑宁、琪琪、小丽下厨为我做了晚餐，我清楚地记得是西红柿炒鸡蛋、橄榄菜煸四季豆、炒圆白菜和我日思夜想的白粥。这是我在印度期间吃的唯一一次中餐，比第一天在加尔各答吃牛排都香。

吃饭时得知琪琪和小丽打算明天一早去斋浦尔再逛逛，然后就回加德满都找宝哥，所以今天的爱心晚餐也是大家的散伙饭。不过当时我还在发汗，顶楼露台餐厅风又大，没跟她们聊多久我就告辞先回房间了。

阿格拉的第四天早晨，体温终于正常了。本想去送琪琪和小丽，结果前台告诉我她们已经离开了。还没来得及向她们道谢，真是一件憾事。这几天剑宁一直在屋里看书，趁今天我身体好点了，就结伴去了泰姬陵。

黑色泰姬陵只是个传说。

大名鼎鼎的泰姬陵本是我此行的重点，针对泰姬陵我还做了很多摄影计划。一出门，这才发现还是高估了自己的状况，走路发飘，脚底下软软的，有生以来第一次体会了什么叫脚踩棉花。但怎么能让剑宁失望呢，只是不停地给自己打气，坚持吧！

我们先去了阿格拉堡，这座城堡果然气势非凡，是著名的阿克巴大帝的杰作。全红砂岩的材质，在阳光的照射下格外醒目。来到城堡下，那种如仰望悬崖般的压迫感油然而生。一路走进去，像这样悬崖般的城墙一共有三层，最后一层布满了枪孔，不知道曾经有多少人命丧于此。

在中国谦逊美德的熏陶下，中国姑娘们骨子里好像都会有些腼腆，羞于展示自己的美，没想到性格豪爽的剑宁也是这样。在我的强烈要求下，剑宁才肯换上了黑色的莎丽。印度人很少穿黑色，可能是因为肤色的缘故，她们更喜欢鲜艳的颜色。不过剑宁穿上黑色的莎丽效果就完全不同了，衬得皮肤更加白皙。可能是路人过度的瞩目让一贯淡定的剑宁乱了阵脚，从一出门就一直问我："是不是露太多了？""中国人穿莎丽是不是没有印度人好看？"……我安慰她道："买都买了，回家更不穿了。"

不知道是身体太虚弱还是那天真的很热，刚踏入阿格拉堡，我就迫不及待地想找个阴凉的地方歇歇脚。进入阿格拉堡的第三道门便到了中心区域，中心区域已经不是阿克巴时代的模样了。阿克巴大帝一统天下建立了稳定的政权后，给后代留下了空前的财富，同时太平盛世也使得阿格拉堡的防御能力减弱。于是，他的孙子沙贾汗对阿格拉堡进行了改造，进入第三道门后看到的大片大片的白色部分都是他留下的痕迹。白色大理石是沙贾汗最钟爱的材质，后来他的另一白色大理石杰作更是举世闻名，那就是泰姬陵。当时沙贾汗把阿格拉堡中心区域改造成了他的宫殿，为每个爱妃按照其家乡的风格进行修建，其中最漂亮的便是泰姬玛哈王妃波斯风格的寝宫。沙贾汗最宠爱泰姬玛哈，寝宫在白色大理石的基础上还用宝石镶嵌了花纹，华丽且不失雅致。不过按照现在装饰的理念，像大理石这种辐射很强的材料怎么适合当作装修起居室的主料呢，这没准也是泰姬玛哈短命的另一个原因。可悲的是沙贾汗的儿子为了夺权把他软禁于此，沙贾汗晚年就是在这里透过小窗户遥望爱妃的陵寝。

由于酒店就在泰姬陵东门不远处，所以从阿格拉堡出来后，我们先回酒店休息了片刻才动身去泰姬陵。泰姬陵附近是杂乱的街道，热闹非凡，据说当年这片区域是繁忙而又重要的贸易站，贸易收入用于泰姬陵的建设。几百年后，这里已没有商队，却成了背包客的聚集地。

走过热闹的街市，通过安检，最先看到的是红砂岩的大门，门上刻满了《古兰经》经文，穿过大门则表示永生。穿过精美的大门立刻豁然开朗，当目光越过宽广的花园落到喷泉尽头的泰姬陵时，我立刻就被那宏伟的气势所震撼。曾经看过无数泰姬陵的照片，但亲临此地才能感受到那种宏伟！它是如此之大，如此之洁白！让人感到自己渺小的就应该算奇迹了吧，泰姬陵真是名副其实！

进入陵寝是不允许拍照的，我们收好相机随着人群往里走。听说这墙壁上有宝石，我俩就在里面找，结果转了半天，谁也没找到宝石。后来请教了一个工作人员，工作人员拿出小手电筒随便找了一处镶嵌的花纹，贴近一照，花纹立刻透出光来，我们才惊讶地发现原来这墙上布满的花纹都是用宝石镶嵌的啊。当然，这里的宝石不是红宝石、蓝宝石，而是松石、贝壳等的切片，完美无瑕地镶嵌在白色大理石墙面上，据说这些镶嵌技术都是沙贾汗当时特意找人从意大利学来的。

由于那天体力太差了，我没留下来等日落，而是买了次日傍晚的火车票后打道回府。在我们住的酒店露台上看泰姬陵时，中间总有一座巨大的建筑物遮挡住部分视线，回来的路上我问司机才得知，这就是阿格拉最高级的酒店 The Oberoi Amarvilas。一听“最高级”，为了聊表对剑宁的谢意，我决定晚饭前请剑宁过去喝饮料赏泰姬陵日落。

这家豪华的花园式度假酒店果然够气派，进出的都是豪车，只有我俩是步行。因为日落已经开始，我们径直穿过漂亮的花园和豪华的大堂，直奔酒店观景酒吧。我们静静地喝着果汁看着日落，享受着这份惬意。

在泰姬陵里总能听到导游在讲黑色泰姬陵的传说，向导书和攻略游记里也经常会提到：泰姬陵建在亚穆罕河的南岸，传说沙贾汗还计划在河北岸，就是现在月光花园的位置，用黑色大理石为自己再建一座和泰姬陵同样的陵寝，然后用一座桥连接起黑白泰姬陵。起初在书上看到这个传说时觉得挺美，转念一想，陵寝的门是朝南的，连接两座陵寝的桥却建在门背对的方向，又怎么体现出两人心意相通相连的寓意呢？毕竟当初设计的是陵寝又不是旅游景点，我不禁对此产生了疑问。后来我查了一些资料，了解到当地考古学家经多年调查都未在月光花园里找到任何黑色石料的存在，而且月光花园和泰姬陵的建造年份相同。现在月光花园的遗迹中也完全看不出有地基的痕迹，所谓黑色泰姬陵的位置上建的则是一个喷泉。

所以种种迹象表明，黑色泰姬陵的传说虽然美好，但也只是个传说。

阿克巴大帝的雄心

我们在阿格拉住的酒店叫 Hotel Muntza Mahal，订房网的中文翻译相当霸气——泰姬玛哈酒店，但跟孟买那个五星级大酒店没有丝毫关系，就是个三星级的小酒店。卧室还勉强说得过去，但服务和其他配套设施就太差强人意了，比如洗澡只有白天有热水，晚上洗澡的话只能烧桶热水蹲着洗，而且不催个四五回是绝对送不到房间的；打扫房间也需要不厌其烦地反复强调才会有人理会。这里唯一配得上星级的是餐厅的价格，早餐两片吐司、一个鸡蛋、一壶奶茶、一杯果汁就要 220 卢比。好在我只吃过早餐，据说正餐更难吃。

阿格拉第五天一早，我有种“终于活过来了”的感觉，所以打算改善一下我们的生活状况，决定外出觅食。一到大堂我们发现到处挂满了红、橘、白色的气球，原来今天是印度的国庆节，这是印度国旗上的三种颜色。

在不远的另一个和我们同档次的小酒店里，我找到了附近最好的早餐。200 卢比的自助早餐，非常丰盛，堪比四星级酒店。

我已经好几天没怎么吃东西了，没敢一下放开吃，只是喝了点粥。我们吃得正酣时，看见老板端了一盘子小吃出来，问候每位印度人并给他们分食，估计和国庆节有关。见状我也起哄要了一个，有点像玉米饼但中间有馅。我掰了一半给剑宁，然后咬了一口，太辣了，辣得我都没下咽就悄悄吐了出来。真是饼不可貌相啊，这小饼看着像可口的甜点，但实在太辣了。剑宁见我这样子索性连尝都没尝。

吃完早餐，我立刻感觉体力显著恢复，所以打算出趟远门，去“胜利之城”西克里。门口问了几辆车，价格都在 1000 卢比以上，我便拉了剑宁去汽车总站坐公交车。

路上折腾了好久才到达郊外 40 千米外的西克里古城公交车站。公交车站离古城还有 2 千米，我们穿行在热闹的市场向古城进发时，碰上一支庆祝国庆的摩托车车队从市场中穿过。人们纷纷给他们让路，结果他们走了一半就停在人群中间开始吃午饭，把整条小路给堵了个结结实实，我们在市场中艰难地穿行。

西克里古城国庆游行的摩托车车队。

西克里古城也叫“胜利之城”，它的建造者是伟大的阿克巴大帝，大概只有他的宫殿才配得上这么霸气的名字。历史上，这座宏伟的建筑群曾因当地严重缺水仅使用了 14 年便遭废弃，因而几乎没有遭到任何破坏。

在阿克巴妃子的寝宫外我看到一面很有趣的墙，于是找来附近的几个印度学生一起来玩。我跟他们说“每个台阶一个人”，他们便立刻就位了。

这面墙后是一个大花园，亭台楼阁、喷泉流水、鲜花绿草样样齐全，具备了后宫应有的一切享乐设施。和所有后宫故事一样，在这亭台水榭的美好下也隐藏着人间悲剧，据说这里曾经居住了 5000 余位阿克巴的妃嫔，很多人都未曾见过阿克巴，守了一辈子活寡。

离寝宫不远便是觐见厅。阿克巴的王座很有意思，设在大厅正中间的王权柱上，柱顶上有个十字形的走廊架在半空，分别通向二层的拱门，看这结构就像一艘太空飞船。这里是阿克巴会见番邦使臣的地方，墙上伊斯兰教风格和印度教风格相融合的花纹，彰显了阿克巴大帝一统天下的雄心。阿克巴大帝不仅是军事上的胜利者，也是宗教外交上的传播者，这点在后面参观各番邦城堡时也常能得到验证。阿克巴大帝的莫卧儿王朝虽然是伊斯兰教王朝，但统一北印后并不排挤其他宗教势力，而是实行了宽松的融合政策。此举不仅成就了他的当世伟业，而且也有力地巩固了后代的政权。

由于阿格拉是昔日伊斯兰教政权的中心，所以从西克里回来后，我们又赶往贾玛清真寺，《走遍全球》说“这是印度最大的清真寺之一”。

我大概是不擅长告别吧，每次告别总弄得匆匆忙忙，这次也不例外。从清真寺回来后，我送剑宁去了阿格拉堡火车站，由于到的有些晚，剑宁只说了句“一定来得及”便消失在了人群中。

既没标准也没上限

送走剑宁后，我独自去了阿格拉的另一个火车站奔赴德里。那晚我和剑宁的车都是 CC（印度的动车），这是我在印度唯一一次坐 CC。CC 车厢条件果然不错，硬件与国内动车不相上下，但其服务远超国内铁路，已和航空接轨。途中免费提供火车餐，有两种调味咖喱汁、两种主食、一份酸奶、一份冰激凌和一瓶水。水比国内动车厚道，这里是 1 升的包装。车厢里的服务员更是热情周到，丝毫不比餐厅里的逊色。

吃完甜点冰激凌后，热情的服务员为大家准备了印度口香糖。其实就是一些香料籽，我在加尔各答就试过了，老实说很不习惯。服务员把香料盘放到每张桌子上任大家自取，同时献上最殷勤的微笑。等服务员走近时，我看见盘子里还有几张 100 卢比、50 卢比的钞票，才明白原来这是要小费环节。我猜想这大钞肯定是他自己放的，用来抬高收费标准。于是我就按照正常标准给了 20 卢比，我身边印度人有给的，也有不给的，给的一般也是 10 卢比、20 卢比。虽然开始没料到有这个环节，但回想一下人家的服务也值这小费了。

吃完饭收到了剑宁的微信，她提醒我“餐后会要小费，小心被骗”。我看得莫名其妙，赶紧问她咋回事。她跟我讲，她刚吃完饭，服务员就端过小费盘，由于里面放的都是 1000 卢比、500 卢比的钞票，她手里现金也不多了就给了 200 卢比。给完就给完了，她也没多想。结果过了一会儿，那家伙又过来跟她要，希望她再给 200 卢比。这时剑宁就有点不痛快了，细想才发现可能被骗了，因为车厢里就她一个人给了小费。我一听就火了，这不明摆着欺负人嘛！我告诉剑宁问列车员要回 100 卢比，他理亏不敢不从。剑宁却说她早就下车了，还劝我说算了，我没上当就好。

其实在印度打车也经常这样，明明 30 卢比的路，如果我喊 50 卢比，司机一定回应100卢比。有时候着急赶路我开价100卢比，司机肯定会试着还价200卢比……据我亲身体验，无论你开价多少他们都想要更多，既没标准也没上限。这不是钱多少的问题，没标准就没公平，没上限就没底线！

到德里时已经将近凌晨，上火车前我在雅高达上订了火车站旁600卢比的小酒店。在几间都不太干净的房间中挑了一间相对干净的双床房后赶紧就休息了。600卢比的小酒店有空调还含早餐，所以算起来性价比不错，比小客栈要强多了。

第二天一早吃过早饭，计划的第一件事是去医院复查。结果在酒店附近暴走了上午，问了三家医院都没一家能做化验的，后来在步行去新城区康诺特广场的途中，路过一座公立医院Northern Railway Central Hospital（北方铁路中心医院），我便进去求医。完全不知道印度医院看病流程的我，一进大院逮到穿制服的就问，但他们都冲我摆手，指指里面让我去跟医生说。我心想，看来也没挂号这道手续，于是就按指引往里走找医生。

里面是个大厅，挤满了人，沸沸扬扬的，场面混乱至极。我原地看了一会儿才看明白，这好像是急诊室，一群人分别扎堆站着，估计他们簇拥的就是医生。想到这，我便往最近的人群中挤去，果然人群里围的是医生。我又观察了一会儿，发现看病好像也没个先后，似乎就是谁插上话了就谁说，极其混乱。于是我就利用了一下外国人的优势，一直注视着医生。当医生和我的目光一接触，我立刻开口，然后医生便示意我过去。坐下后我简单介绍了一下情况，说明只是想化验个尿常规。医生听完没有直接回复我，而是喊来了主管。经过讨论后主管回复我：“今天是周末，周末只处理紧急情况，你这不是紧急情况，所以请工作日再来。”虽然这个结果很难让我满意，但看着这一屋子的病人，我没做任何争取就直接离开了。

康诺特广场就是一个热闹的大商圈，由于是新德里和旧德里的分界点，所以我决定在周围走一走。又或许是因为阔别现代化太久，正值虚弱之时的我有些想念现代社会的生活便利了。这里商业化程度堪比西单，热闹程度堪比王府井，是我在印度到过的最繁华的地方之一。

在广场瞎逛时与 AIRTEL 的客服中心不期而遇，正好闲来无事于是决定进去投诉。我并不是一个刁钻的客户，但与 AIRTEL 的过结实在是让我好不起来。

康诺特广场中心的印度国旗。

在加尔各答买AIRTEL的SIM卡时，我办了30日的国际长途通话包和30日1G的流量包，但两个套餐在路上都出过问题，流量包还好只是在瓦拉纳西罢工了几天，但通话包自从出了加尔各答后就没好用过，害得我后来充的那几百卢比瞬间就都没了。哪是通话包啊，简直是坑人包！

不过最让我来气的是他们的电话客服。在听完漫长的广告好不容易接通人工服务后，客服人员随随便便应付几句就挂我电话，完全不听我把话说完。在我看来这明明就是欺负外国人，所以必须找他们理论理论。

进入客服中心后我才发现自己不知道该怎么开始发飙。所以就想先随便找谁说明一下问题，结果得知咨询也得拿号排队。既来之则安之，在耐心等候后，终于叫我的号了。

我快步走到柜台，正要坐下时，又跑来一个人说是我前面的一位，但刚才没听见。这也能理解，我就先让人家办了。紧接着旁边的柜台空了出来，叫了我后面的一个号G67号，我告诉柜台后面的小哥："你们多叫了一个，该我的G66号了。"柜台后面的小哥听完，冷冷地对我说："不是我叫的你，你还得回刚才的柜台办。"G67号客户也不客气，一屁股就坐下了。一看这情况我就乐了，正好没辙找碴儿呢，这就送上来了，我一拍桌子："找经理！"

经理出来后，我先小发泄了一下。不过真是书到用时方恨少啊，自己英语词汇量太有限，没叨唠几句呢就没得可讲了。发泄完我拉着经理帮我办业务，把国际通话包的问题讲了一下，经理理直气壮地告诉我："这个不归我们管，你得找加尔各答。"我问他："你们这家店不代表AIRTEL吗？"他不直接回答我，而是告诉我他们只管德里的事，然后称唯一的解决方案就是在他们这里花钱再办一遍，能保证以后全国漫游没问题。考虑到后面还得打电话，我还是老老实实地重新办了个同样的国际漫游包。

有些东西是一定不能碰的

由于之前没能好好游览漂亮的阿格拉堡，所以一直对名气更大的红堡期待有加。没想到的是，红堡外面看倒是宏伟壮观，气势非凡，但由于里面只开放了部分区域，不像在阿格拉堡有大片的各式建筑可参观。在红堡只是有几个功能不同、外观大致相同的觐见厅，都是伊斯兰教风格的拱门加印度教风格的花纹，看上去应该是莫卧儿王朝鼎盛时期的产物。

德里的贾玛（Jamma）清真寺比阿格拉的贾玛(Jama)清真寺更漂亮，花100卢比还可以爬上南侧的高塔，只是爬的过程比较受罪。通道又长又窄，猫腰低头往上爬。人多时就更让人无奈了，同时那么多人上下，每次错人时都几乎要脸贴脸才能过去。印度人都比较习惯和人近距离接触，但是我不习惯啊。

经过无数的“贴面礼”后，唯一让我感到慰藉的是塔上的风景真不错！在高塔上透过密密的栏杆可以俯视周围的一切。东边是红堡，西面北面便是旧德里，周围低矮的建筑和新德里现代化的街貌形成鲜明的对比。

从塔上下来后，我没有进礼拜堂打扰别人，而是在广场边上坐了一会儿。这个广场很有生活气息，中间的水池边围坐了纳凉的人群，四周空地就像孩子们的游乐场，有嬉戏的、赛跑的，连喂鸽子的谷子堆也成了孩子们玩耍的沙堆，而头发花白的老人们则坐在广场周围的走廊边闲聊。

我在这里遇到的穆斯林女性都很保守，拒绝男人给她们拍照。在泰姬陵时有几个印度穆斯林女孩来找剑宁合影，我刚举起相机她们就大喊“OH，NO，NO”，制止我后她们自己便举起手机围着剑宁玩自拍，拍个不停。这让我又一次深深地认识到女摄影师是有多么的吃香。

贾玛清真寺周围是旧德里的老街，也是穆斯林聚居区。一钻进老城区就有一种回到瓦拉纳西的感觉，低矮破旧的建筑、狭窄昏暗的街道，只是没有了圣牛和牛粪。同一天里，从现代化的康诺特广场到这里有种恍若隔世的感觉。

走了良久才发现，在旧城区我根本就打不上车。这里的人力车车夫不懂英语，只做本地人的生意，个个都拒载我。无奈我只能步行走出这“旧社会”，走向“新时代”了。

回到住处附近时，随便翻了下《走遍全球》，找到一家叫 Navrang 的日本餐馆，书上的评价是这么说的：“这里的日式盖饭远近闻名！”

我都佩服自己的执着和找路能力了，在一条被拆了一半的小巷里找到了这家和废墟融为一体的小店。虽然破旧的招牌提醒我：要三思，但想到《走遍全球》是日本出版的，日本人推荐的日本饭应该说得过去吧，便毅然决然地走进店里坐下。

这家餐馆没有屋顶，只是厨房外面有三张小桌子而已。让我欣慰的是这里还有两个白人在和老板聊天，也算有些人气。我点了 80 卢比的天井饭和 70 卢比的芒果汁后才好好打量这三个人的模样。看老板五官应该是南印人，两个白人其中年轻的是嬉皮士打扮，而年长的这位引起了我浓厚的兴趣。他身着浅色袍子，长发长须。我在菩提迦耶曾见过同样打扮的人，带着一个透明的大塑料袋，里面好像是他所有的家当，除了生活用品，一半都是书，一副苦行僧的架势。今天这位脚下也放着一个大袋子。我一直都特别佩服这些物质极简的人，同时也好奇他们到底什么来头。于是我主动打了招呼，他问我从哪来，我说“中国”。他又问“大陆还是台湾？”我说：“北京。”我问他从哪来，他说：“果阿。”我指了指他脚旁的行李问：“你这是要去哪啊？”他说：“回家，我的家在菩提迦耶。每年雨季我都在菩提迦耶，旱季去果阿。”听他这轨迹倒是也像嬉皮士，我问他：“在菩提迦耶，我也见过像你这样的装束……”我还没说完，他便会意地说：“我们是佛教徒。”我又问他：“那你们是僧侣吗？”他就笑了：“我不是僧侣。”然后又说了许多，我没太听懂，大致意思是：僧侣不让做这个不让做那个，而他们的理念是要先尝试所有的事情，然后做自己的选择。他现在也像僧人一样不吃肉，不近女色，要坐禅修行，这都是他的选择……说到这里他问我时间，然后说不得不去赶火车了，礼貌地告辞后离开。

由于就坐在厨房旁边，做饭的过程我看得清清楚楚。我更关心的是卫生问题，毕竟到目前为止停止腹泻才保持了不到 20 个小时。给我准备食物的是两个小朋友，我看他们准备果汁时兑了瓶装水，然后放了冰块……虽然刚开始腹泻时我还搞不清原因，但在印度也这么长时间了，我还是明白了一些事情。

白天曾路过一个小市场，当时看到前面有样黑乎乎的东西不知道是什么，走近时唔地一下，黑色苍蝇像广场上的鸽子一样飞起来，露出了下面洁白的冰，从那时起我就知道这东西我是一定不能碰的。

但当时我也不知是怎么想的，鬼使神差我就把芒果汁喝了下去……之后新一轮的腹泻又开始上演。

厕所先于神庙

早上起来照例自我检查，状态良好，没发现任何异样。想想昨天的行程，少说也走了 10 千米，于是我开始盘算着先去买次日阿姆利则的火车票，然后到甘地陵附近的医院化验。打定主意后，我直奔新德里火车站。

一直听说新德里火车站骗子云集，招数高明，真假难辨。很多背包客都是在找外国人售票厅的过程中被骗，被带到黑心的代理订票处，据说中间还会有一些穿制服的工作人员参与。于是我便萌生了前去戏弄他们一下的想法，出发前清理好了 iPad 内存，打算偷拍一下找外国人售票厅的过程。没想到的是，一路找过去，没遇到一个骗子，我甚至在火车站一楼傻站了一会儿都没招来一个搭讪的。这么看来还是骗子厉害，这都能被他们识破。

在新德里火车站二楼北侧的外国人售票处，我没有买到次日去阿姆利则的票，但却有当晚的 2A（空调软卧）票。考虑到身体状况，买了当晚的车票和隔日阿姆利则去斋浦尔的 3A 票。

从火车站出来终于碰到了骗子，但不是来骗我的。在路过火车站附近的一个小院子时，隔着铁栅栏门我看见里面挂着“售票处”的小屋前有个当地小伙子正跟两个白人背包客说着什么。我便叫那俩人过来，问他们是不是找外国人售票处。果然和我所猜测的一致，于是我给他们指明了方位。这时那个印度小伙子已经不知去向了。

中午我找到一家气派的私人医院，进行了化验。当医生告诉我完全没有问题时，我才彻底放下心来。

在德里的最后一个下午，我去了甘地纪念馆和甘地陵。纪念馆里有个有趣的画廊，是以甘地形象为创作对象的一系列艺术作品，其中有几幅想象力实在是太丰富了，有甘地跨越三界拯救苍生的画面，有甘地和耶稣、佛陀、穆罕默德等人的全家福，有甘地在太空维护宇宙和平的形象……可见甘地在印度人眼里完完全全就是个超级英雄，简直是救世主！当然，我是很崇拜圣雄甘地，为了听听甘地的声音，我在录有他生前电话录音的电话前和印度的孩子们一起排队听完了所有的版本。其实我什么都没听懂，只是觉得能从听筒里听到圣雄的声音就像是真的在和他对话一般。最后我在甘地遇刺

德里街头的厕所。

时穿的血衣前站了良久才离开。

德里是座新事物与旧事物碰撞共生的城市，也标志着这是一座飞速发展中的城市。对旅游者来讲，有一个事物最能体现现代化文明程度，那就是公共厕所。印度总理莫迪有句口号：“厕所先于神庙。”可见印度现在也开始重视这个问题了。其实德里的公共厕所不需要你特意去找，有时走着走着就走了进去。

有一次，在某街头的便道上，我边走边低头研究着地图，突然闻到一股骚臭味，恍惚间只觉得自己好像刚刚穿过了一座厕所？！我疑惑地回头细看，果然刚刚穿过了一座厕所！原来公厕就在便道上，靠墙这边是尿痕，靠街这边是小矮墙，中间就是我刚走过的便道。想这便道设计得太绝了！心中不禁大叫“匪夷所思的印度！”

和“劳模”一起战斗在金庙

阿姆利则是哈曼迪尔寺的所在地，也是著名的金庙，因黄金打造的庙顶而得名，是锡克教最重要的圣地，来此朝圣的锡克教教徒终日不绝。我心目中最著名的锡克教教徒形象就是辛巴达，锡克教的男人们也都像辛巴达那样高大威武。无论何种信仰、无论什么时间，只要来到金庙的人都能得到免费的食宿。人们可以选择自己的方式来回报金庙，或捐赠或做义工。正是金庙的如此慷慨，换来了人们更慷慨的回馈。金庙每天都在舍饭但从未舍空，而在金庙做义工也不得不排队才能轮到岗位。这里又是一个我没待够的地方，不仅喜欢慷慨的金庙，而且更喜欢这里的人。

最先遇到的是阿桂，我上铺的兄弟。上火车时，我们看对方都是国人面孔又同样穿着带有扎染一般汗碱花纹的 T 恤，便相视一笑。阿桂是深圳人，之前在知名 IT 公司搞技术，也是辞职出来过间隔年的。路上我俩越聊越投机，后来说好一起去斯里兰卡。

回想起来当时囧事连连，可谓是难兄难弟。

到金庙投宿时，护卫带我们来到大通铺的房间，给我俩指了两张床，说今天他们就会走了，也没提登记的事。当时我看床上都有东西，还特意跟他确认了一遍，护卫很肯定地告诉我“没问题”。晚上回来时，发现那俩床位边上的包都还在，明显人家没走。我叫来护卫，护卫说没别的床位了，你们先睡吧。阿桂和其他伙伴去金庙里面睡去了，我实在困得不行，既然护卫这么说也就不客气了，我上床就睡。睡得正舒服时，一位姑娘把我叫了起来，说“这是我的床位”。我哪好意思抢人家姑娘的床啊，赶紧

起来并解释了一下。她很同情地看着我："那么你没有床位吗？"我苦笑了一下就出去了，这时才 12 点左右。卧室门外公共区域的饮水机旁有块地方，我跟护卫要了两块毯子铺在地上就钻睡袋继续睡了。前半夜老有过来打水的，还总把水溅到我脸上，后半夜倒是睡了会儿，但 5 点就来了第一波投宿的，我便没法再睡了，起身去金庙找阿桂拍日出。见到阿桂我就跟他诉苦，说还不如跟你来金庙睡呢。阿桂苦笑了一下，说："我们还不如你呢，金庙每两三个小时就擦一遍地，我们每两三个小时就被叫起来一次，被擦地的赶了一夜……"

还有最囧的一件事。外国人宿舍里只有一个单人洗澡间，所以排队很严重，于是

我和阿桂就去了公共洗澡间和印度人一起洗。公共洗澡间跟国内的公共淋浴间很像，但没有隔断、没有热水，也没有高处的淋浴花洒，取而代之的是齐腰高的水龙头。将就吧，我俩脱衣服、摘眼镜蹲下就洗上了。刚打好肥皂就听身后好像有人在冲我们喊，说的也不是英文。我眯着眼睛回头一看果然说的是我们，两个金庙护卫拿着大棍子正指着我们呢，一边呵斥一边还乐。听身边其他印度人乐得挺开心，弄得我俩一头雾水。我赶紧戴上眼镜，看看到底什么情况，这时我才注意到原来这屋里就我俩没穿裤子……

在宿舍里最先认识的是安安。安安是一位性格豪爽的姑娘，漫无目的地独自旅行，因为喜欢金庙的特别，她已住了些日子，算是宿舍里的元老了。我们一来她便充当了我们的向导，带我们一起吃、一起玩、一起做义工。后来听说我们晚上都没睡好，还怪我们没说一声，不然大家一起挤挤就好了。

别看安安平时总是嘻嘻哈哈的，干起活来可是认真至极。我们一起去做义工，帮着准备萨帕提，就是印度主食饼。实际上做饼的是机器，一条长长的流水线，一头放进面团，经过几道工序后另一头的传送带上就会送出烤好的萨帕提，巴哈马巴巴管它叫“印度科技”。安安和其他印度妇女负责给烤好的萨帕提刷油，而从机器到刷油中间这段由我和阿桂负责，也就是搬。说实话，满满一筐的萨帕提确实很沉，但对我们来说最大的困难并不是重量，而是总要应付不断挤上前来看热闹的人群。那天不巧，两条“印度科技”流水线坏了一条，但如果没有安安的话，肯定也没人嫌出饼慢。据我观察，印度女人刷一张滚烫的萨帕提从拿起到放好，一般都要十秒左右，而十秒的时间安安能刷好十张了。后来她身边的几个义工干脆就不刷饼了，专门给她打下手递饼，一边递一边赞叹着什么，不难看出他们已经深深地被这中国速度所折服了。虽然私下里她也会抱怨干完活手烫得很疼，但提到监工奖励她奶茶时，脸上又笑得跟劳模一样。

巴哈马巴巴是我在印度认识的第一个巴巴。巴巴是奉行物质极简主义生活甚至苦

行修炼的一群人。我一直以为巴巴都是印度教的，没想到见到的第一个巴巴竟然不是印度人。他是巴哈马人，也不告诉我他的名字，就说叫巴哈马巴巴，有个同名的 Facebook 帐号（Panama Maharaj Baba）。他说他已经 50 岁了，家里有个 20 岁的女儿。我很想不明白是什么让他放弃了家庭过上巴巴的生活，但每次聊到这里的时候他总是能巧妙地绕开，想必是有他自己的难言之隐吧。总之巴哈马巴巴那种快乐的生活精神还是很感染我的，跟他在一块儿好像就没发愁的事儿。混熟后，我问他的信仰是什么，他告诉我是“爱”。

什么时候看见突尼斯姑娘 Sara，她脸上都挂着超级灿烂的笑容。我最喜欢跟她聊天，因为从来没有冷场的时候，她总能找到有意思的话题，然后自己滔滔不绝地说，我只需要一直点头我们就能打发掉几个小时。Sara 在斋浦尔上学，周末来阿姆利则玩。热情的 Sara 后来成了我在斋浦尔的向导。

金庙宿舍的小伙伴就像一个欢乐的大家庭，和他们在一起其乐无穷。离开前我让安安带我去捐钱，她问我：“你着什么急走啊？”我说：“我还得赶行程去斯里兰卡呢，你呢？还打算在这待多久？”她说：“至少再一周吧。”我问她：“你为啥老在这待着呢？”她想了想说：“你不觉得这儿很特别吗？”

后来想想，“特别”好像就是形容这里最恰当的词语了。金庙是那么的与众不同，它是如此的包容，不问信仰、不问国家、不问民族，在这里享受的是真正的人人平等；它也打破了我们物质社会的基本规则，这里提供了我们生存所必需的，虽然不是太多，但却足够。在暂时摒弃隔阂和物欲后，人们自然就会更快乐。我想这便是金庙最特别的地方吧。

突尼斯姑娘

有句话是这么说的：“孤独的人不是因为没朋友可交，而是因为自己太孤独交不到朋友。”我倒是不用担心这个问题，虽说我是独自出来寻找孤独的，但路上的朋友却是一拨接着一拨。

虽然我和金庙的小伙伴 Sara、胖胖、MACO、双捷搭乘同一辆车，从阿姆利则出发次日一早到斋浦尔，但起初我们并没有说好要搭伴，所以中午拼车到达车站后我们便各自去了自己的车厢。

当我刚刚来到自己的床位时，就知道我的私人空间已经没有了。因为目测和我同隔断的其他五个人的体重都在 100 千克以上，不算我，他们将将能在两个下铺上挤下。所以刚独处了不到十分钟的我便决定立刻起身，去找邻车厢的 Sara 聊天。

好像别人总是比自己幸运，当看到 Sara 的隔断里空无一人时，我便大呼不公。

Sara 大方地说：“我邀请你和我一起分享。”于是那天下午，我们两人奢侈地共享了宽敞的空间。

Sara 人很好，一点儿都不嫌弃我的英语水平，我俩在词典的辅助下聊得还挺顺畅。她今年 24 岁，专业是建筑学，现在斋浦尔一所大学里做关于帮助原始村落恢复原貌的研究和保护项目。她说他们的工作就是通过改善落后村落的生活设施，从而防止人为破坏有价值的建筑。看她给我描述时的兴奋劲，能看出她很享受这个项目。不过她起初并不是这么想的，她选择这个项目的初衷只是为了免费旅游，但由于项目工作太忙，目前只去过金三角、阿姆利则和果阿。看来旅行确实不能兼职，大概总会觉得走得不踏实吧。

我问她最喜欢印度哪里，她说：“肯定是果阿。”“果阿很干净。”她又补充道。说着她拿过我的 iPad，写上了她当时住过的旅店名字，让我一定住这家。然后又从各个角度夸赞了一番这家客栈，总之给我当时的感觉就是，这家客栈才是她爱上果阿的原因。

随后我们又聊到各自的国家。听说突尼斯是伊斯兰国家，我就问她的宗教信仰，她说：“我是穆斯林，我们国家的人都是。”我问她在自己国家是否需要戴面纱，她就开始愤愤不平地跟我讲面纱和宗教无关，是革命后的产物。不过他们国家与伊朗不同，除了保守派家庭外，还是有很多人像她一样开放，然后还很坚定地告诉我，她是一个虔诚的穆斯林。她问我：“听说北京很大，你们上班路上时间是很长吗？”我给她讲：“以我为例，我原来每天上班路上大概需要 1 小时 15 分钟，下班又是 1 小时 15 分钟，工作一般 12 个小时，睡觉尽量保证 7 小时……”她一边听一边算：“那你只有两个半小时的空闲时间吗？”我说：“空闲时间？还得吃饭、洗漱、上厕所呢……”我一边说一边偷眼看 Sara，这时她脸上已经扫去了刚才聊面纱时那种对祖国的失望表情，洋溢着满满的幸福，好像还交织着一点幸灾乐祸和同情……

第二天一早到站后，Sara 说要请我去麦当劳吃早餐，但印度麦当劳开门都太晚，于是改成我请 Sara 去我的酒店吃早餐。因为大病初愈，而且三天都没睡过床了，路上我用雅高达的积分给自己订了家不错的酒店。这里的自助早餐非常丰盛，只要 200 卢比，性价比远高于麦当劳之流。由于之前在火车上的 17 个小时里我俩只喝过一点酸奶，现在见到这么多美食，即使知道自己肠胃还很脆弱，但我仍然很难抑制住要饱餐一顿的冲动。当我喝到第三杯西瓜汁时，突然觉得腹中一绞，这才理智地结束了早餐。

上午 Sara 给我当向导，带我去了风宫和琥珀堡。

风宫造型独特，外形取自奎师那的皇冠，坐落在闹市中，是座很有意思的建筑。

斋浦尔的粉色，总觉得不太透亮。

一直只知道墙上几百个蜂窝状孔是后宫嫔妃们观察外部世界的窗口，殊不知还有其实用功效。Sara 给我讲，这些蜂窝状小孔通过文丘里（Venturi）效应可以起到空调的作用。我表示没听明白，她就跟老师似的给我讲解，洞口设计的一头宽一头窄，风刮过时空气被压缩，就像我们现在用的空调。怕我还听不懂她又把“Venturi”这个词给我写 iPad 上，让我回去再查。

风宫外就有去琥珀堡的小公交车，一小时的车程，中间会路过水之宫，但现在水之宫是不对外开放的。路上 Sara 很骄傲的跟我讲：“我作为专业人士，曾去过水之宫……”然后滔滔不绝地讲着水之宫。我其实什么都没听进去，因为当时我满脑子想的都是早上最后的那杯西瓜汁，不知道是不是兑了当地的水，也不知道为什么一下要喝三杯……总之，从我上车开始，恶心的感觉一直在加剧。快到站时终究是没能忍住，我冲到门口撑着门框探头往外就吐。在印度把头伸出车外是件很危险的事情，所以一边吐我一边还得观察路况。好在我们乘的车是贴着路边开的，一路上就是蹭到些树枝。

回到座位后，为了缓解尴尬的气氛，善解人意的 Sara 还帮我找原因：“车开得太疯了，一定是，都怪司机……”我知道她是在安慰我，其实怪自己早上太贪吃才对。

我闭上眼睛休息了一会儿，很快就到站了。下车后我检查了车身，还好没发现一点呕吐的污迹，跟售票员表达了歉意后，我目送公交车离开。

琥珀堡宏伟壮观，周围山清水秀，看到此景立刻让人精神了很多。山上有整齐的象道和蜿蜒的小路，可抵达山顶地势险要的琥珀堡。我刚要往小路的方向走去，Sara就拉我要我去坐大象。我很想跟她解释我一般不在旅游景区坐马车、大象什么的，但看 Sara 一提到坐大象的兴奋劲，咬了咬牙便和她拼了头大象上山。

警察是印度最好的职业

听说斋浦尔有家号称印度最大、最豪华的电影院——RAJ MANDIR。由于就在我酒店附近，我便邀请了 Sara、胖胖、MACO、双捷晚上一起去看电影。电影院真的很豪华，与其说是电影院，倒不如说这里更像个剧院。电影院里装饰的各式灯具和这里主打的印度电影一样五光十色。

那晚我们看的是宝莱坞的大制作《Singham Returns》（《雄狮归来》）续集，一部印地语电影。我们听不懂对白，于是就自娱自乐地玩猜剧情，互相解释并预测着银幕上发生的和将要发生的一切。

据我观察，这是一部融合了警匪、反腐、宗教、复仇、英雄、爱情、喜剧、动作、歌舞等元素的印度主旋律影片。虽然歌舞浪漫、摄影讲究，但剧情可以说荒诞乏味，既无起伏也无悬念，我感觉导演初衷就是要靠拼凑那些元素来吸引眼球。最让我无法直视的是假到令人无法忍受的动作场面，一部非科幻、非奇幻的现代都市警匪片的英雄，一出拳坏人居然就飞出去老远……我相信在场的所有外国人恐怕都会有同感，以至于中场休息后，不见了很多外国观众的身影。但这丝毫不影响印度观众的兴致，英雄在关键时刻出场时一定有掌声，打飞坏人时一定有欢呼声，女主角一出场居然还会有口哨声……从印度观众的情绪能随着电影气氛跌宕起伏的效果来看，这个导演在商业上肯定很成功。

当然，我们其实也不是来看电影的，只是来感受下气氛。从这个角度讲，印度人对宝莱坞电影的热爱果然没让我们失望。送走 Sara 回到酒店后，电视里正在播放另一部印度警匪片片段，动作也假得不行。我心想，好像印度电影里的警察都是如此形象，高大、威猛，一抬手坏人四散奔逃，一跺脚房倒屋塌，印度警察俨然就是漫画里的超级英雄。怪不得平时在大街上看到的印度警察都是耀武扬威的，我想警察一定是印度最好的职业！

在 RAJ MANDIR 电影院前的 Sara。

作为拉贾斯坦邦的首府，斋浦尔终究还是个忙碌的大城市，远没有它的别名“粉色之城”那么浪漫，而且这里的粉色也不太粉。不过话说回来，在印度真用粉色这么不经脏的颜色恐怕就更浪漫不起来了。

斋浦尔城市宫殿里的四扇门中的三扇。另一扇门的照片被我误删，只能三缺一地展示了。

能驱蚊的蓝城

在去焦特布尔的路上得知剑宁就在我的下一站“金色之城”杰伊斯尔梅尔，当即决定只在蓝城住一晚，次日下午投奔剑宁。

为了能在日落前拍张照，傍晚下火车后跳过了挑三拣四的投宿过程，我直接去的阿桂推荐的 Discovery 旅店。

蓝城的老城区依山而建，布满了四五层的小楼房。这里的街道蜿蜒曲折，狭窄异常，所以穿梭在小胡同里容易迷路，而且视野很差。为了找到一个更理想一点儿的位置拍照，那天日落前执着的我爬了很多餐厅、客栈、酒店的平台，但没找到那个更理想一点儿的，回过头来发现相比之下还是自己住处的景色略胜一筹。

“蓝色之城”焦特布尔。

焦特布尔位于塔尔沙漠的边缘，全年都是阳光明媚的好天气，我到这天也不例外，蓝天和蓝色的建筑衬着金色的梅黑兰格尔城堡格外辉煌。听说这里的蓝色涂料是从一种植物中提取的，带有驱蚊功效。原本这种颜色只能用于婆罗门的住所，但现在已经是焦特布尔的主题色了。

为了中午能去赶大巴找建宁，那天一大早我便出门，一路步行穿过蜿蜒的小胡同，来到地处险要的梅黑兰格尔城堡。这座宏伟的城堡现在仍然归土邦王室后代所有，同时也是对外开放的博物馆。为了保留下这座城堡，让家族的荣耀能够继续流传，王室建立了专门的信托基金来维持博物馆的运营。

在北印期间，有个现象在我身边一直反复发生。每当我举起相机时，我视野所及的印度妇女都会下意识地拉一拉她们的莎丽遮挡面部。这个现象在拉贾斯坦邦变得更严重了，这就是印度教地区的深闺制度。这里的深闺制度和伊斯兰教不大相同，只针对已婚妇女，为了不让丈夫以外的别的男人看到她们的美丽而规定，出嫁后的女人出门要以莎丽遮面……同样道理，拉贾斯坦邦各城堡的后宫窗户设计也都是方便妃嫔们在不被外界看到的情况下能观察外面的世界。

后来我也深入地了解了一番，有种说法认为，深闺制度是随伊斯兰势力传入印度次大陆的。深闺制度作为一种社会行为规范，确实实现了将妇女同外界隔离的效果，而且一下就隔离了几百年。

和斋浦尔的大城市风格不同，焦特布尔的大街小巷显得更朴实。在这里也能更切实地体会到拉贾斯坦邦传统风情，其中最惹眼的应当是男人们头上五颜六色的头巾帽。拉贾斯坦头巾帽的佩戴方式多种多样，寓意也不尽相同。简单地说，体积越大、颜色越丰富、样式越复杂的头巾帽佩戴者的身份地位就越高。据说拉贾斯坦邦的男人们在出席公众场合前，花个把小时缠头也是常有的事。

带着野狗睡沙漠

从离开德里决定迅速逃离北印开始，我便踏上了一晚一个城市的旅途。在登上去金城的大巴前我已备感疲惫，加上整个下午颠簸的车程一直都挤在狭小的空间，更是雪上加霜，把我的疲劳感推到了极限。直到突然从影子里发觉还有人一直坐在这飞驰的大巴顶上，才多少有些安慰，毕竟在这里挤着也比在车顶吹一路的风沙强。

处在沙漠腹地的杰伊斯尔梅尔被称为“金色之城”可谓名副其实，这里的一切都是金色的。这里主要的建筑石材是金色的沙石，所以日落前无论是城堡内或城堡外，夕阳所及之处，满满地都是耀眼的金色。

作为这趟车上唯一一名游客，下车时我受到了当地客栈伙计们的热情欢迎。正茫然之时，我发现人群后有个熟悉的身影，原来是剑宁和客栈司机过来接我了。不知道

是见到剑宁高兴的原因，还是晚餐可口的原因，奔波数日的疲惫当晚休息前便已荡然无存。

为了等我会合后一起进沙漠，剑宁在杰伊斯尔梅尔等了三天，所以次日一早我们便踏上了两天一夜的沙漠之旅。与我们同行的是一对比利时小情侣，他俩原来都是在医院工作，之后辞职开始了间隔年旅行。他们从欧洲一路到达亚洲，来印度前的最后一站是日本。和我之前一样，俩人都正遭受着严重的腹泻和呕吐之苦，当时病情略严重些的小伙子说："这实在太让人难以接受了，特别是刚从日本过来。"看小伙子的状态，连我都为他担心，因为在沙漠里卫生就更是个问题了。

我们路上的伙食都是由驼队的牧民负责，有萨帕提、咖喱蔬菜和奶茶。沙漠里水自然是稀缺资源，所以驼队牧民洗盘子、洗杯子的方法很特别，就是用沙子擦。由于杯子数量不太够用，每次喝奶茶时都是我们先用，他们再用，然后用沙子洗好后收起，

下顿饭我们再接着用……除了饮用水是从酒店背出来的瓶装水外，路上做饭、煮茶都是从沿途水井里取地下水。看到这等卫生条件，剑宁和比利时小情侣不敢吃任何可疑的东西，每人只吃一张萨帕提充饥。其实我特别想告诉他们，做萨帕提的牧民在抚摸了一路的骆驼后，只是用水迅速地搓了一下手便开始给大伙儿和面、甩饼。我当时考虑的是，细菌自有免疫系统来解决，而不吃东西没营养的话免疫系统咋能工作呢？所以我吃了三四张萨帕提、两盘咖喱蔬菜和喝了不知道多少杯奶茶。

驼队的牧民和会笑的骆驼。

经过一天的跋涉，下午 5 点左右我们终于到达了真正的沙丘。由于之前的长期腹泻，一下骆驼，我便习惯性地去僻静之处清理肚子。完事后，我正打算清理现场时，飞过来一只来历不明的家伙。开始我还以为是马蜂之类的，看清了才知道这竟然是屎壳郎。居然还会飞！

我们爬上沙丘等待日落时，吉普车又带来了几位欧美游客。他们下车后骑上了我们的骆驼在沙丘上过瘾，我们则抱着膝盖眯着眼睛，静静地享受着夕阳余晖的温暖。日落后牧民叫大伙儿吃饭，但所有的欧美人都表示要回酒店吃，连跟我们同行的比利时小情侣也放弃了第二天的行程，坚决要跟吉普车返回文明世界。于是那晚我、剑宁和三个牧民分享了一顿丰盛的星光晚餐，其实跟中午伙食一样，还是饼、咖喱蔬菜和奶茶，但对于好几年没见过银河的我来说，那晚吃得很美。

那晚我们就睡在沙丘上，夜里有几条会学骆驼叫的狗，此起彼伏地叫了一夜。我睡眠质量一向不好，这回更是难眠。由于风沙很大，经过一夜，我们的被子比原来略厚了一层。

清晨睁眼时我才发现我们周围睡了好几条野狗，估计它们总在这营地附近乞食，

就生活在这一带了。喂了它们些水后，我便带着狗群浩浩荡荡去如厕。

沙漠里剑宁曾跟我说过，自我出现以来她在旅店老板那边的待遇就明显下降。这点我倒信，老板介意的并不是我的出现，而是自我来之后把剑宁的消费水平瞬间从白富美直接拉到了屌丝水平。从房费到饮食消费都急

剧降低。由于他家性价比太低，连矿泉水我都是在外面买，店员还总问我："咱们这里也有水啊，为什么还从外面买？"但精明的老板并没有放弃，出沙漠后老板邀请剑宁去他家里吃马萨拉羊肉。虽然美其名为"请"，但也明码标价1400卢比，善良的剑宁最终还是不好意思拒绝。于是我便毫不客气地吃掉了半锅羊肉。老板看我狼吞虎咽地大快朵颐，自己一边拿饼抹着酱汁，一边问我："你不喜欢酱汁吗？"

很快又到了分别的时候，剑宁坐火车回德里然后回国，我则乘大巴去乌代布尔，分别时她把用不到的物资一股脑儿地都塞给了我。送剑宁上车时，想起她一直以来的照顾、阿格拉的白粥和路上的一切，我也不知道该怎么感谢，只是拥抱了她一下，对她说："一路平安！"

WELCOME TO THE
WE SERVE, UNIQUE
CONTINENTAL

大漠里的魔鬼大巴

设计四色城的行程时，我出现了重大失误。如果从北往南走，最佳顺序应该是斋浦尔、杰伊斯尔梅尔、焦特布尔、乌代布尔（粉、金、蓝、白）。这样不仅不用绕路，而且全程都有火车坐。但当初抱着地图研究时，我却完全得不出这样的结论，于是就遭遇了那晚最糟糕的大巴之旅。

在杰伊斯尔梅尔的汽车站又一次遇到了胖胖、MACO和双捷，他们中午刚刚从沙漠出来，口袋里还装着塔卡沙漠的沙子。一见面，三人就开始抱怨以后再也不骑骆驼了，最夸张的是MACO，疼得都不敢在卧铺车上平躺。其实开始骑骆驼时我也腿疼屁股疼，如坐针毡一般，完全无法想象昔日牧民鞍背上安家的感受。后来慢慢找到感觉，放松下来后就自在多了。

那晚是我在印度第一次也是最后一次坐长途卧铺大巴，路上简直要被折腾死了。大巴的铺位是改装过的，空间狭小，长度也不够我伸直腿，上下铺时还总会被铝合金框架锋利的边缘伤到。但这还不算什么，最让人无法忍受的是大巴开得实在太疯狂了，自始至终保持着蛇形驾驶风格，晃得车上所有人都稀里哗啦。我胃里更是天翻地覆，整个晚上水米未进。后来我干脆动都不敢动了，硬挺挺地躺在铺位上闭眼强忍。不下床还有一个原因，就是车里严重超载，我一个人都嫌小的铺位能挤下印度一家好几口，后来连过道里都躺满了人，俨然国内春运火车上的架势。就这样，魔鬼大巴载着满满一车人躲着路上的沙堆，躲着对向的来车，飞驰在大漠中，呼啸在夜色里。

司机彪悍的驾驶风格导致我们提前了两个小时到达，于是刚刚睡着的我们就被赶到了天还没亮的乌代布尔街头。不过总算安全到达，万幸！

这么早投宿也是件麻烦事，小客栈都还没开门。我们随便找了个酒店的大堂，胖胖和 MACO 看包，我和双捷去找旅店。当时附近开门的都是酒店，每晚四五千卢比，所以直到天亮我们才找到便宜、舒适的住处，500 卢比的双床房。

由于他们三人要赶行程，我则是继续执行逃离北印计划，所以大家不谋而合，依然保持停一晚就继续上路的节奏。简单安顿好后，没等从魔鬼大巴的阴影中走出来，我们忙碌的一天又匆匆开始。

“白色之城”乌代布尔。

乌代布尔和拉贾斯坦邦其他干旱的沙漠城市不同，这里有丰富的水源，俨然就是东方的威尼斯。当年为了躲避强大的莫卧儿王朝，国王退守山谷在这里拦河筑坝。正是当年的无奈之举，成就了今日乌代布尔的美丽与富饶。

历史上，印度大多数时间都处于诸侯割据的局面，所以在印度次大陆上留下了各个王国的皇宫，也就是现在所谓的城市宫殿。乌代布尔的城市宫殿在拉贾斯坦邦规模最大，可见当年 Mewar 土邦国的强盛在附近无可企及。现在王室后代仍然住在宫殿的南侧，而其余部分已经改造成了博物馆和豪华酒店。

प्रवेश द्वार
ENTRANCE GATE
DARIKHANA KI POL

宫殿门口衣着华丽的守卫，彰显了十足的皇家气势与威仪。乌代布尔的城市宫殿是我在印度最喜欢的城市宫殿之一，这里不仅展品丰富，而且各宫殿、回廊、庭院都美轮美奂，很值得细细品味。

虽然城市宫殿精美绝伦，但仍然无法抚平昨夜魔鬼大巴对我们身心的重创。从城市宫殿出来后，大家的能量已然耗尽。每个人都有各自排解疲劳的方法，胖胖要回去补觉，MACO 要回去跟朋友视频，我则拉上双捷去体验著名的阿育吠陀精油按摩。

我们在一条满是阿育吠陀按摩店的小路寻了几家后，选定了一家与众不同的小店。这家的按摩师都是中年男人，小店里只有一个房间，客人之间是用屏风隔开的。我隔壁是位说法文的大妈，虽然我不懂法文，但依然能听得出来大妈身心的愉悦感。可能是给我按摩的大叔比较舍得用精油的原因，直到最后按摩到手指关节时，我才感觉出他手上一直都戴着三枚大戒指，硌得我生疼生疼的。

阿育吠陀精油按摩不像其他按摩手法，没有太多舒筋活络的大动作，更注重能量的传递。在按摩过程中，技师会用手抵在我身体的各个部位上，就好像金庸小说中通过特定穴位用内功疗伤。实际有没有内力的传递我不知道，但热量传递我是实实在在地感受到了，也很受用。

第二天因为晚上要赶火车，所以白天我们四人包车去了 90 千米外的热那克布尔千柱庙。即使是包车单程也要三个小时，而且其中一个小时还是盘山路。

千柱庙是耆那教的胜地。耆那教是我特别感兴趣的一个古老宗教，历史要比佛教更早。与其他宗教相比，耆那教的戒律非常苛刻。在他们看来，即使植物也是有生命的，所以素食的定义是只能食用植物的枝或叶，而不能吃其根茎，否则同样是杀生。这种理念被称为非暴力，圣雄甘地的非暴力思想即借鉴于此，但苛刻的戒律也导致该教在信众数量上很难突破。

此外，耆那教让我最佩服的一点是，该教虽然起源于古代，但理念超前，曾在创立初期就提出“世界是由极微构成，不由神造”的概念。这让我想起了那句关于修行的说法：“修行得悟后，可得至高无上的智慧，洞悉万物。”也许，得悟的人真的就是得到了这种大智慧，能够解答世间的一切问题，不然怎么耆那教的理论能比西方科学家阿莫迪欧·阿伏伽德罗提出的分子概念还早1000多年呢？

千柱庙又是一处从上到下、从里到外全由大理石结构的建筑杰作，当走上台阶穿过华丽的走廊站到正殿里的那一刻，我立刻就被震撼得呆住了。完全不知道眼睛该往哪看，除了地面外，目光所及之处全是精美雕刻，墙壁上、房梁上、屋顶上，还有鳞次栉比的数也数不清的柱子上……猛地看上去这里好像都是对称结构，但实际上石刻的花纹又都不重复，让人不禁对当时设计者的巧妙构思赞叹不已。我仿佛有一种置身于精美象牙首饰盒中的错觉。

我们跟着人群往里走，在正殿中心区域前被守卫拦了下来，原来只有持证的耆那教教徒才能通过。我往里张望，看见有位祭司正在忙着为排队的教众一一祈福。祈福结束后，我来到祭司面前跟他说明我对耆那教很感兴趣。给信众祈福的祭司叫Sharma，他和师弟边走边给我讲，这里一共有1444根柱子，上面的时刻各不相同……开始Sharma还有些不好意思，但没想到等他慢慢进入状态后，我干脆就成了他的私人摄影师。他拉着我在庙里每个重要的角落拍到此一游照，甚至还带我进了刚才被拦下的中心区域。我俩忙活了好久，最后在一个窗口前给Sharma拍肖像时，发现胖胖他们已经在外面无所事事地等我了，我这才赶紧告辞。

印度司机彪悍的驾驶风格加上漫长的盘山路，从千柱庙回来后大家的状态又被拉回到了两天前的那辆大巴。MACO 说昨天在路上看见一家热汤面特别好，看上去就像辛拉面，强烈要求去吃。对于中国人来说，这个时候没有什么比吃上一碗热汤面更舒服得了，所以 MACO 的提议获得了一致通过。

我们四个人一人要了一碗 180 卢比的 Korean noodles，没想到上来的完全就是辛拉面方便面，还配了一小碗米饭和泡菜。虽然有点意外，但我得承认吃完热汤面确实舒服了许多。

上火车前我们在客栈观看了在乌代布尔实地取景的《007：八爪鱼》，影片里有一段是邦德的印度助手开着一辆 TUTU 带着邦德在印度拥挤的街道上飞檐走壁。看到这里我不禁在想，印度 TUTU 司机的彪悍驾驶风格也许都是源自这部电影吧。

印度人默契的左手

在火车上遇到件莫名其妙的事，对面下铺的印度老者主动找我聊天，给我出示了一张带有“高权限”“伦敦”等字样的证件，看他表情好像等我赞美一样，弄得我一头雾水。看到“高权限”我就试着问他：“这证能干啥？火车能免票吗？”他说：“不行。”我又问：“那去景点能免票？”他不耐烦地说：“不行。”在我印象里印度人的民族自豪感都极强，但老者是什么意思我到现在都没想明白。

一直就没想过要去孟买，大城市嘛又贵又无聊，但从北印陆路过来，无论是去果阿还是埃洛拉石窟，怎么设计都躲不开孟买这一站。纠结了很久后，决定在孟买过一夜后继续上路。

清晨冒着绵绵细雨，我们终于到达了著名的泰姬玛哈酒店边上的救世军红盾青年旅店，350卢比一个床位，由于地理位置优越还含早餐所以无视了肮脏的床铺，毅然入住。我们住的是12人间，同屋有个会说中文的乌克兰帅哥，听他说他在北京回龙观教过一年英语，我就问他：“你该教俄语啊，为啥教英语呢？”他一笑说：“谁会在意这个，反正我是外国人”听他这么说，我觉得很有理，但一时不知该如何往下接，便没话找话地问他：“喜欢北京吗？”他想了想用中文说：“我没去过很多地方，就在回龙观一带。北京太大了，污染厉害、堵车厉害，老实说我不太喜欢。”老实说，这些我也不喜欢，真不怪人家有意见。我又问他：“孟买怎么样？”他说：“孟买我也没去过什么地方……”真不知道他平时都干些什么，问哪哪都没去过。当晚上我们都要睡觉的时候，他换上干净衣服打算出门，直到此时我才明白，原来人家是来过夜生活的。

可能是终于到了大城市的缘故，虽然我的腹泻还没好，但想改善一下生活品质的冲动十分迫切。当时我身上已经没有卢比了，他们三个又想早点回去，但我特别不甘心只吃麦当劳就了事，很想在孟买尝尝海鲜解解馋。天津有句俗话说得好："借钱吃海货，不算不会过。"于是我就问天津的 MACO 借钱去体验文明社会。果然天津姑娘最能体会到我当时的心情，爽快地拿出了 1000 卢比。

我陪他们往回走了一段，路上找到一家叫 Mahesh 的餐厅，看外观档次还不错，于是决定在这里腐败。进去前我又再三引诱他们但始终未果，便独自享用了 MACO 的 1000 卢比。

侍者给我推荐了他们的招牌大虾、烤鱼和馕，加服务费总共 1005 卢比。看着绅士般带着白手套的侍者用刀叉帮我挑鱼刺，立刻有种重回文明社会的幸福感。当时我还破例饭前将照片发到朋友圈晒幸福，结果朋友们对印度美食均是一番嘲讽，呼唤我赶紧回家。老实说，那天的菜品方面确实也不尽如人意，味道过重，盖过了海鲜食材本身的鲜美，我个人并不太喜欢。相比之下，我更推荐第二天去的 Jimmy boy 餐厅，蕉叶包裹的涂满薄荷等调料的平鱼块是那里的招牌菜。由于卖相太差没敢再晒幸福，但招牌菜味道很特别，淡淡的薄荷香和鱼肉的鲜美相得益彰，让我一直停不下嘴，最后直接放弃了下午出海去象岛石窟的计划。

孟买和香港很像，都是从一个小小的渔村发展起来的。大概 10 年前听说孟买人有个伟大的梦想：10 年超上海，20 年超纽约，那会儿被称作孟买速度。10 年后倒是没听见有人再提起过，但既然来了，我得去验收一下孟买速度到底如何。

在 Mahesh 饱餐后，我特意去孟买滨海大道走了一圈，确实没看出上海外滩的繁华，倒是看出点武汉江滩的味道，看来孟买速度终究只是个伟大的梦罢了。不过孟买确实比北印干净很多，繁华的大街上几乎看不见垃圾，更让我奇怪的是也看不见垃圾桶。从餐厅出来我手里一直拿着侍者塞给我的名片，想找个垃圾桶扔了，结果捏着名片走了快一个小时都没看见一个。最后我还是乖乖地揣了起来，很奇怪没有垃圾桶的孟买是怎样保持如此市容的?

回到宿舍跟大家聊了会儿就赶紧睡了，不知道是心理原因还是床真的太脏，这一晚睡得我总感觉身上痒痒。第二天凌晨5点我便爬了起来，心想管他外面有没有日出呢，赶紧逃离这床吧。

胖胖也没睡着，听我起身便跟我一起出来了。外面云厚得很，实在没啥可干的，我们便去泰姬玛哈酒店蹭豪华厕所。在酒店门口安检时粗略地数了一下，至少有十个锡克教门侍和保安，想想新加坡的华莱士酒店门口才有一个锡克教门侍，这里真不愧是印度人的骄傲，泰姬玛哈酒店就是气派!

这天上午我们一起去了孟买博物馆，也叫威尔士亲王博物馆。由于错过了加尔各答的印度博物馆，虽然无法比较，但孟买博物馆环境优美，设施齐全，价格低廉，分类清晰，展品也很吸引眼球，这里的一切都让我很满意。

一进博物馆的院子，高大的棕榈树和精心维护的草坪都提醒了我已经离开了北印。博物馆的建筑风格融合了印度、伊斯兰、哥特式的特点，即有气势又不失美感。后来查了一下，这叫印度—撒拉逊风格，包括孟买的CST车站等均是这种风格。

那天我逛得实在太慢，而胖胖、MACO、双捷又要赶下午果阿的大巴，于是中间大伙儿就走散了。我逛到二层时发现只有MACO一个人在中庭坐着，便去道了个别，说好果阿再见，一起吃散伙饭。

当时忘了跟MACO要手纸，他们刚走我肚子里就泛起了让我后悔的感觉。我摸遍全身只找到一张餐巾纸，就我腹泻的程度而言，只能用杯水车薪来形容了。我又仔细把包翻了一遍，还是一无所获。当时定了定神，心想印度人没纸不也如厕吗？入乡随俗吧。

传统的印度式如厕清理方式就是左手，左手会包办一切跟不洁有关的事，小号就不说了，上大号时印度人都是右手端着一瓢水进厕所，上完先用水和左手清理后面，然后再清洗左手。当然这样清洗肯定不够彻底，想必印度人也意识到了这点，所以吃饭时用的都是右手。而且印度人之间好像也有一种默契，相互之间从不触碰左手。

我那天体验的是现代化的印度式如厕，身后有个水流强大的喷头，所以用不着手，用水冲洗干净就可以，所以初次体验印度如厕满意度还是相当高的。从环保角度讲，我认为现代化的印度式厕所也很科学，都不用特意冲厕所，相当于用我们平时冲厕所的水做了清理工作，这样又省水又省纸，而且还挺舒服，值得推广。

站长办公室的官僚

在印度其他地方也遇到过火车晚点的情况，但最多也就是一两个小时，而在孟买这次就太离谱了，居然晚点了11个小时，原本夕发朝至的火车硬生生地变成了朝发夕至。

那晚我刚到达孟买CST火车站就被告知该车次已改成次日5点发车，得被迫在车站过夜。想到我有旅途延误保险，所以当时没立刻急着找地方休息，而是先去找站长取证。其实取证原本很简单，只要有工作人员能书面说明日期、车次和晚点时间再盖个章就可以了，但没想到在印度办事也是脸难看事难办。

开始我咨询晚点情况的时候，CST值班站长的态度还很亲切，笑容可掬地告诉我“没办法啊……”等我说明进一步要求，希望他能出具一份晚点证明时，他就很不耐烦了，官僚作风乍现，态度大大转变，居然跟我说：“晚点还有可能在后面赶回来，所以要找到达站的站长，跟我没关系。”昨天买票时说晚点两小时今天能赶回来我信了，今天晚点都一夜了还说能赶回来，我认为这就是耍赖了。但任我好话说尽，他就是无动于衷，只是一句“跟我没关系”。看他这般态度，我也便不再客气，直接坐到他对面，用行动告诉他：不解决问题，你也别办公了，反正我有一夜的时间呢。

在我非暴力地表明了自己坚定的态度后，对方才终于有所松动。最后在确认我只是用作境外保险公司的理赔后，他才勉强同意在我的车票背面的广告上注明晚点时间，然后还补充道："如果它再晚点了，我可没办法了。"

其实他说得不是全无道理，但我当时之所以要坚持也是有原因的。首先，据我对保险条款的理解，最好是要始发站出具晚点证明；其次，CST这样的大车站服务都如此，我怎么可能寄希望于果阿那边的个小火车站呢；再次，目前出发晚点的时间，已经足够我拿到全额赔付了；还有最重要的一点，我现在更有时间。

对晚点这种事，印度人好像并没我这么介意。在站长办公室时，我没看见有其他人过问过晚点的事，但车站大厅里、候车室里、走廊里却都睡满了人，想必他们跟我都有类似的遭遇吧。看印度人淡然的样子，我立刻也平和下来，劝自己：来印度最重要的是入乡随俗，淡定地接受吧。

关于晚点，除了保险外我还有其他准备，特意背了个铝箔的防潮垫应付这种情况。但当我回到候车室时，座位上、地上均已睡满了人，根本没有我躺下的余地。我想，人在面对这种混乱和窘迫的时候，最需要的不外乎是安全舒适的环境或靠谱的旅伴吧。刚意识到这一点，我就认识了幽默的伊森和善良的娜塔莉，一对40岁左右的比利时夫妇。娜塔莉就是个特别善良的女人，是那种不光只考虑自己也能考虑到他人的人。伊森则是个十足的开心果，即使是再平常的事情，表情和肢体语言丰富的他都能把我们逗乐。

了解到伊森喜欢摄影后，我们就开始交流照片。他的作品以黑白纪实风格为主，很有故事感。我也给他看了我本次旅行的照片，伊森很好奇我是怎么把照片弄进iPad的。我告诉他是用CAMERA KIT，他就特认真地上亚马逊去搜，然后失望地告诉我"太贵了"。看他那么可爱，要不是后面我还要用，当时真想送给他了。我告诉他："想要便宜的吗？

你得找对地方，我们中国有个网站叫淘宝，这样的东西1欧元（1欧元折合人民币7元）就够了，等你来北京时我送你一个。”

我和伊森聊天的这会儿工夫，娜塔莉已经跟边上的印度一家人相处得很融洽了。她用报纸给那家的小男孩折了一个“东南西北”，但无论娜塔莉怎么教，小男孩始终更愿意相信这是一艘飞船，一直拿着它在妈妈头上“飞”。娜塔莉他们的母语是法文，跟以前一样我们也是用词典辅助交流的，这也再次印证了：果然我和非英语母语国家的人用英语交流更顺畅些。

我要出去买水时问他们需不需要带点东西吃，伊森捂着肚子流露出一副特别无奈的表情说：“我不知道在这里我能吃什么。”娜塔莉皱着眉点点头，说：“伊森发烧刚好……”伊森是警察，身体很健壮，看他这般体格也跟我同样遭遇，顿时心生安慰，原来谁来印度都一样啊。

我们一直闲聊，后来听说火车又延误到7点发车，绝望的我就坐着睡了一会儿。再醒来时，看见有对年轻白人在和伊森说话，说的是法语。他们离开后，伊森告诉我他们是法国人，然后一边坏笑一边教我：“一会儿他们再过来你就点着头，说Oui，Oui（是啊，是啊）就行……”

早上6点钟终于等来了久违的列车，我跟伊森刚把所有东西在车上放置好要睡觉时又被工作人员轰了下来，说是要做清理工作。要不是亲身经历，真不知道印度火车上还有这道工序。最终还是7点发的车，上车前我又拍了几张照片作为延迟理赔的辅助证据。

上车后，所有旅客都是倒头就睡，但火车上的小贩可不管这些，依旧穿梭叫卖，一时间叫卖声此起彼伏，很难让人入睡。

伊森突然问我：“他们卖的是什么？”

“奶茶。”我回答道。

“这个呢？”

“可乐、芒果汁和矿泉水。”

“你能听懂他们说什么吗？”

“是啊，英语嘛。”

伊森坐起来大笑，说：“我以为是印地语呢。”

我也一愣，是啊，不知不觉中我都能听懂地道的印度英语了。

终于挨过了小贩们的叫喊，我们才踏实入睡。

到达果阿的karmail站已经是晚上9点了，果然如我所料，这是只有一个小月台和几间办公室的小车站。站长还算好找，但态度极差，只是敷衍我。看我比较坚持，最后才在我车票背面写上了到达时间，也不写具体晚点多长时间，然后就跑走躲起来不见我。好在我已有前面的一系列证据链，不然光凭他写个到达时间完全看不出晚点的事实，理赔肯定很困难。最后我顺利获得了600元人民币的全额赔付，当时还没联系保险公司，我就决定在果阿先花光这600元改善食宿，弥补这一路的辛苦。

由于伊森想去海边住，而我要去帕纳吉，所以我们在火车站就分手了。我去了Sara强烈推荐的AFANSO，但女主人遗憾地告诉我今晚客满，让我明早再来，并给我推荐了不远的Parking lough。Parking lough的主人是位白发苍苍的老者，这里要价700卢比。看过房间后我客观地说：“如果是在北印，这样的房间我只能给350卢比。”听我这么比较老人好像很不高兴，我赶紧好言安抚了一下。考虑到这个时候外面已经夜深人静，再加上绵绵细雨，无论如何我也不想再回到街上了，最后我们以550卢比成交。老人离开时还说：“如果是在旺季我这里要2000卢比呢。”

唉，我能说什么呢，看来果阿果然不是北印。

第 4 章

南印：在雨季中慢慢走过

意餐还是印餐

早晨我在 Trip Advisor 网站上查了一下附近的住宿，发现 AFANSO 排名第一，于是我就搬了过去。这里砍价太难了，我使出了浑身解数才把价格从 1500 卢比砍到了 1400 卢比，最后居然也得到了“不要向他人透露……”的嘱咐，我心想这个战绩我哪好意思跟别人说啊。

安顿下来后，第一件事就是大清洗，洗澡、洗衣服、洗毛巾、洗围巾……总之，能洗的都洗了。洗澡时我突然意识到，上次洗澡好像还是四天前在北印的乌代布尔呢。想想最近节奏上确实是太赶了，不是追这个，就是追那个的，我不是独自旅行的吗？我不是来过慢生活的吗？洗完检讨的澡后，拿出 iPad 退掉了临近的斯里兰卡机票，让自己能真正地享受剩下的旅行。

因为我晚到一天，错过了和胖胖、MACO、双捷说好的散伙饭。在果阿安顿好后，我试着联系他们，但一直杳无音讯。我们从阿姆利则一直走到果阿，就这样连道别都没有就再没见过了。后来胖胖到了泰国给我回的信儿，他告诉我 MACO 和双捷刚到果阿就发烧了，他在果阿停留了一晚就奔金奈转机泰国，MACO 和双捷几天后去的斯里兰卡……

从北印一路逃过来的我，在果阿生活节奏一下就慢了下来，每天都是漫无目的地瞎逛，走到哪算哪，然后找到最近的公交车站坐车回旅店，第二天再从这里继续。就这样，一天逛不了几个景点，剩下的时间则是在不同地方看书或发呆。一下降到能发呆的节奏还有一个主要原因，果阿的雨季当真是够让人无奈的，怪不得嬉皮士每到雨季都会离开呢。这个季节里，雨下得是没完没了的，赶上雨大的时候，如果没能立刻找到避雨的地方，即使拿着伞也于事无补，几秒钟后就跟从游泳池里刚捞出来一样。

由于持续阴雨，总也掏不出相机，所以我在果阿的大部分精力都转向寻访帕纳吉一带的美食。起初我还很专注于果阿本地美食，但在很努力地尝试了多次后最终还是放弃了。我个人口味比较清淡，而果阿风格却很像鲁菜，概括起来就是“黑乎乎、油乎乎、咸乎乎”，每次吃完，都要喝掉大量的水。由于与个人喜好大相径庭，所以始终是爱不起来。

放弃了果阿风格后，我一直在印度料理和意大利料理之间纠结。最后的解决方案就是中午印餐，晚上意餐，耽误了哪顿我都舍不得。

我最爱的印度餐厅是 Ritz Classic，虽然表面上看价格不算便宜，但菜品众多，菜量十足，味道尚佳，所以性价比很高。唯一让我不太满意的是，由于这里也颇受印度人喜爱，周末会人满为患。

在果阿的最后一天我去品尝咖喱蟹时，就碰上严重的排队情况。我是下午两点到的，排了半个多小时才等到一个和其他三人拼桌的位置。坐下后我迅速点了咖喱蟹和米饭，然后嘱咐侍者："请尽量快一些，我着急走。"

侍者刚走我对面，一起拼桌的印度大哥就好奇地问我："你着急去干什么呢？"当时可能是饿得血糖偏低，不在状态，于是我丝毫不掩饰地说："我晚上订了另一家餐厅，现在已经 3 点了，如果不快点吃完，我怎么吃得下下一顿呢？" 听完，印度大哥眯着眼点了点头，看样子他是完全不知道该怎么回应我，于是低头继续吃他的塔利，再也没说过话。

虽然我能理解他的反应，但我说的确实是实话，那晚计划是去意大利餐厅吃龙虾，约好 5 点前和老板一起去市场选龙虾的。结果谁知道 Ritz Classic 的咖喱蟹量这么大，我一直都在很专心地闷头吃，专心到每次抬头都会发现同桌的人跟刚才不一样。

吃到半个小时的时候我就不太有耐心了，但总还是能从浓浓的咖喱汁里捞出个螃蟹壳或大蟹螯。总之那天咖喱蟹是吃美了，一盆 400 卢比的咖喱蟹我好像捞出了四只大海蟹，生生吃了近一个小时。终究还是没赶上去市场采购，那晚龙虾降级成了虾。

果阿有很多西式餐馆，多为葡萄牙和意大利料理。我强烈推荐 AFANSO 对面的意式餐厅 O Fogo。虽然这里仅开业一周，在网站上找不到任何信息，但从第一餐开始，我就喜欢上了这里。

最开始惊艳到我的是一小杯特调酱汁，在传统意式调味酱汁基础上融合了咖喱的元素，一入口就能体会到主厨的专业与用心。后来每天晚上我都来这里用餐，试遍了菜单上所有主菜，可以说道道都让我很满意。

不知道 AFANSO 的老板娘和对面 O Fogo 有什么仇？或者是嫌我在她这花得少却又很舍得去对面消费？每次从 O Fogo 出来回 AFANSO 时，我都会很小心地躲着 AFANSO 的老板娘，但她好像总能发现我，所以每次回来都会被她盘问，问我吃了什么、多少钱，然后很夸张地说："天哪，这也太贵了，不是吗？"

幸运的十年一次

基督徒占全印度人口的 2.3%，但果阿基督徒却高达 30%，所以果阿大街小巷中遍布教堂和礼拜场所，每逢周日教堂里的钟声此起彼伏，别有一番风情。亚洲的基督教总是和殖民者一同到来，果阿的殖民历史要追溯到 16 世纪的大航海时代，葡萄牙登陆印度次大陆后，据点就设在现在的旧果阿一带。不过后来由于政治和瘟疫等原因，旧果阿遭遗弃，如今已完全看不出昔日的繁荣，只剩下几座被列为世界非物质文化遗产的教堂向我们诉说着那段历史。

我在耶稣仁慈教堂避雨时，坐在最后一排翻看着《走遍全球》对这里的介绍："教堂陈列着盛放萨比埃鲁木乃伊的银棺，每十年向公众开放一次……"我立刻抬起头，关上屏幕，起身在教堂里寻找。

在教堂右侧的小门后，大理石基座上陈列着华丽的银棺，银棺很高，看不清上面具体雕刻的是什么，但感觉非常精美，里面是身着华服的萨比埃鲁木乃伊。其实当时我完全不知道萨比埃鲁是何方神圣，只是被能赶上十年一次的幸运所驱使，完全是出于猎奇，后来才知道此人来头可不小，被称为"历史上最伟大的传教士"。

果阿到处都是这样被风吹歪的树。

小巷里的礼拜堂。

除了旧果阿这几座被列为世界非物质文化遗产的教堂外，果阿历史最悠久，而且是活跃时间最长的教堂当属随帕纳吉城一同建立起来的帕纳吉教堂，也是目前该教区牧师所在的教堂。

为见到教区牧师，我跑了好几趟，最后才在其他牧师的引荐下见到了 Fr.Cleto Pereira。在办公室见到他时，身着便装的他正在会客。听明我的来意后，他告诉我要先处理完手头教务，让我等他七分钟。正正好七分钟后，当他再次站到我面前时已披上了做弥撒时的白袍礼服。拍完照后我们随便聊了一会儿，他告诉我这是他在该教区服务的最后一年，明年就要退休了。

女人进宫总不是什么好事

我很喜欢清晨的帕纳吉，无论是听着小雨在露台吃早餐，还是和阿猫阿狗一起漫步在无人的大街小巷，都让我很享受那份安静和惬意。

帕纳吉的老街很整洁，没有圣牛、没有垃圾，也没有露宿街头的乞丐，只有一栋栋漂亮的葡萄牙风格的民宅。感觉附近人的生活水平都很好，看样子家家都有大房子和汽车。这里平时也不显得特别忙碌，8 点前路面上狗比人还多，丝毫没有大城市的喧嚣和繁忙，有的只是无处不在的湿漉漉的苔藓，好像在告诉我一定要放慢脚步，因为这是一个很慢很慢的地方。

有一天散步结束回到露台餐厅，上楼时我一边低头看着 iPad 做功课，一边习惯性地坐到了自己的位置等早餐。那天网络出奇的好，所以我研究的也比较专注，坐下后一直没抬过头。几分钟后，我抬头环顾四周时，猛然发现伊森和娜塔莉就坐在我旁边，俩人不出声地吃饭装作没看见我。我猜肯定是伊森使的坏，看我上来一直低着头也不叫我，想看看我什么时候能发现他们。我拍了一下他们的桌子，娜塔莉抿着嘴冲我乐，而对面的伊森突然弯腰大笑，头都快钻到了桌子底下。伊森坐直后看都不看我，然后拿起面包学着我刚才低头看 iPad 的样子……气得我都想乐。

那天火车站分手后他俩便住在海边，后来因为雨太大了所以搬到帕纳吉，记得我说过会住在这家，所以今早也过来投宿。

见到他们的那天早上，我是在做各海滩的功课。《走遍全球》上写道："果阿美丽的沙滩是年轻人自由的天堂。"不过雨季里好像向往自由的年轻人都跑去了别的地方寻找天堂，只留下果阿大大小小二十几处沙滩独自面向美丽的阿拉伯海。

由于天气的原因，我在果阿期间只走了几处沙滩。这个季节风浪很大，不可能下海，

只能在沙滩上漫步，所以少了很多海边趣味。总体讲，我去过的这几处沙滩的质量都不是特别好，远不如泰国、印度尼西亚等天堂般的小海岛。

可能是刚刚过完葛纳什节（象神节）的缘故，沙滩上残留了很多烟花碎屑和其他垃圾，走在其间，让人很难提起任何兴致。其实果阿并不都像帕纳吉中心区域那么干净，坐免费轮渡跨过曼多维河后就能看到久违的圣牛、垃圾、乞丐……毕竟果阿还是印度，也没什么好奇怪的。

去各个海滩时我都是坐公交车，因为坐公交车是一种很好地体验当地人生活的方式，而且很便宜。在果阿的公交车上，我发现这里有些事情和北印很不一样。比如虽然同样设有女宾专席，但据我观察这里基本没有谁在意，大多是混坐在一起。同时这里的女人无论年龄或贫富，她们的莎丽都是围在胸前做装饰，而不是把脸遮起来，更没有一见我就拉严莎丽的情况。这一切让我舒服很多，感觉这里更加开放和自由。

由于总在帕纳吉的总站上下车，经常能看到出车前司机和售票员供奉神像的情景，极富印度特色。有信基督教的车组，有信印度教的车组，不同的只是车前摆放的神像不同，而供奉方式都是献花、敬香等，仪式如出一辙。有时候不看神像是谁，光凭售票员手持的花环和在头上绕来绕去的香，完全想象不到他供的会是耶稣。

关于公交车还有一件有意思的事。这里的售票员都是通过口哨声告诉司机停车或开车。有时赶上播放海滨风情歌曲的巴士，配上售票员轻快的口哨，顿时热带风情扑面而来，让人心情大好。

虽然天气很差，没看见有人游泳，但印度的救生员依然都很敬业地坚守岗位。每隔一段距离就会有面小红旗，边上站着执勤的救生员。大多数救生员都在棚子里休息，我找到了两个最敬业的，顶着暴晒站在旗帜下聊天。我问他们这样的天气又没人游泳，你们为什么还出来？高个子的救生员说：“这天气虽然没人游泳，不过一旦有人下水，危险性会更高。”

在果阿的最后一天，碰到了 AFSON 客栈老板娘的大公子，虽然不太喜欢过分精明的老板娘，但大公子说话还挺直率。

我们岁数相仿，第一次聊天他就很坦率地告诉我，虽然对外他是基督徒，但实际上自己什么都不信，他反倒更崇拜老子的生活智慧。看他对中国文化很着迷，我们就瞎聊了起来。他说最近在看一本叫《最后的皇后》的书，讲的是清朝最后一位皇后和后宫生活，然后问我去没去过紫禁城。我说：“我就住在紫禁城边上。”听我这么说他就更兴奋了，给我讲书里写紫禁城后宫有多么多么黑暗，问我是不是这样。我对后宫野史没什么了解，不知道该怎么回答他，但想起参观过的印度各城市宫殿的后宫，便应付道：“各地后宫都一样吧，女人进宫总不是什么好事对吧。”

看他还饶有兴趣，我赶紧换了话题，想起娜塔莉曾提到过印度这几年旅游业下滑严重，都是因为高发的强奸事件，我就问他是不是这样。他说：“不是，可能是因为别的国家经济不景气吧。”

我又问他：“在印度怎么惩罚强奸犯。”他说：“终身监禁。”我想这比国内 20 年的量刑要重多了，就问：“那为什么还总有人这样触犯法律呢？”他说：“都是很穷的地方，大概是太封闭了，所以总会有人这样做。”

咬人的大狗

在印度的美食中总能看见“Masala”（马萨拉）这个词，其实 Masala 并不是一种特定的口味，而是香料混合起来的统称。比如香醇的 Masala Milk Tea（马萨拉奶茶）中的香料用的是小豆蔻和丁香，而火辣美味的 Masala 酱汁是混合了多种的香料长时间熬制而成。

对于我这个异乡人来说，Masala 也并不总代表着美味。在果阿去霍斯比特的火车上我就尝试了一种 Masala 很另类的存在，Masala Butter （马萨拉黄油）口味的牛奶。这是一盒利乐装的牛奶，喝前我并没有注意是什么口味，当第一滴牛奶接触到舌尖时我差点没喷出来，以为是馊了呢，比北京的豆汁还难以让人接受。仔细确认保质期没问题后又努力试了几次，最后还是心甘情愿地扔了。此外，我还听说过一种西瓜的特别吃法，把西瓜切开捣碎混上咖喱等香料吃，我想这大概是叫 Masala Watermelon（马萨拉西瓜）吧，不过一路上也没亲眼见过，即使见到了，我也很怀疑自己是否有勇气尝试。

相比 Masala 的这些另类存在，我还是更喜欢诸如马萨拉羊肉、马萨拉蔬菜等这些传统的菜品。而说道体验 Masala 这道菜的过程也很有意思，老实说在北印刚开始接触它时，除了咸和辣外，可以说品不出其他味道，即使尝出一些，也不能完全欣赏得了。直到后来在电视上看过一次 Masala 的制作过程，才知道这是一道多么讲究的菜品，十几种甚至几十种香料经过厨师精心搭配和数小时慢慢熬制而成，制作一道 Masala 花个大半天的时间也是常有的事。从内心里接受了它复杂的存在后，慢慢地也就品出了各种味道的相得益彰，才真正体会到 Masala 丰富的回味。

这个过程和品味印度这个国家本身出奇的一致，如果让我用一道菜来形容印度的话，那道菜一定是 Masala。刚来印度时你会被众多或陌生，或奇怪，甚至让人不适的氛围所笼罩，让人一时难以接受，甚至不知所措，但等你淡然接受她，再细细品味时，又会发现她是那么的丰富多彩，耐人寻味。

马可波罗曾说过："对于印度的事情，无论说好或不好都是对的，因为印度的问题都太复杂了。" 我想，这就是对所有印度问题最好的答案吧。

失败的早餐后，我在火车上正无所事事之时遇到了和自己年龄相仿的印度小伙子 Dinesh，他在铁路系统工作，负责制造车厢内饰。他很自豪地告诉我，全印度的火车车厢内饰都是在他们厂生产的，说到这里他还得意地晃了晃脑袋。

晃脑袋是印度人经常用来表达高兴情绪的一种方式，但被一些中文向导资料写成"印度人摇头表示 YES……" 其实完全曲解了本意，而且这种摇头也不是咱们用来表达 NO 的那种摇法。准确地说是晃头，左右交替倾斜头部，这种习惯经常见于传统文化比较兴盛的地区。

Dinesh 就是一个很传统的人，我们聊到果阿的女人都不戴莎丽的现象时，他很不屑地撇了下嘴说："那样不好，就果阿那样。"不过据我个人观察，目前南印大城市的现状恐怕都要叫他失望了，毕竟社会进步的步伐是谁也无法阻挡的。

很显然，Dinesh 对自己的工作是非常满意的，他还给我展示了一下工作证。他这个证可比去孟买路上的那位老者的"高权限"证件实用多了，起码乘火车是不要钱的，还都是高等席位。于是我就夸道："这工作太棒了！"听完，Dinesh 甚是高兴，又跟我说了更多关于工作和生活的事情。他告诉我他每月的薪水是 40000 卢比，工作十年后可以买上一栋 100 平方米的大房子，够他们全家住。我问他："孩子教育不还要花钱吗？"他说："孩子上学一年只 30000 卢比而已。"想到曾经有位德国经济学者描述我国楼市泡沫的话："在中国一个白领工作 100 年才能买一套房……"于是我就给他讲了一下中国的楼市。善良的 Dinesh 听完，同情地看着我说："你还是搬来印度吧。"

这几年走过一些人均 GDP 还不如我们的国家，发现这么一个现象：贫穷使当地人不曾见过现代化的生活，但他们的幸福感却好像不曾因此而减少，而拥有高度现代化、丰富物质生活的我们却常常不识幸福为何物。也许真是我们想得太多了，生活其实不该这么复杂吧。

临到站时，一个小个子印度人很有礼貌地过来问我是不是去亨比，并希望我坐他的 TUTU，价格只要 150 卢比。其实我原计划是坐公交车的，但听到这价格连 Dinesh 都说值，为了表示对 Dinesh 的信任便欣然同意了。

告别 Dinesh 后，我跟着小个子司机走出车站，可能是因为这趟火车上就我一个游客的缘故，当他带着我这个仅有的"战利品"穿过趴活儿的人群时，我看他好像故意挺了挺了身子，显得很得意的样子。

路上他一边开车一边给我介绍亨比的 TUTU 一日游，由于打算在亨比住上几天，我计划是自己慢慢地转，于是礼貌地拒绝了他。让我意外的是，他没因为我的拒绝而试图增加本次车资，这给我留下了很不错的印象。我问他叫什么名字，并告诉他如果我需要一个司机的话一定会是他。他的自我介绍很有意思：“朋友们叫我苏里，苏里在法文里是太阳的意思……”但等我们到达村子，看他的损友们叫他名字时的表情，我猜想这名字八成不像法文里的意思那么伟岸。等他走后我一打听才知道，原来印地语里的意思是土豆，是朋友们取笑他身材起的外号，没想到内心阳光的苏里把它解释出了如此的境界，真是难得。

亨比村子里有很多小客栈，Trip Advisor 网站上排名第一的是 Rocky 家。他家只有四间客房，两间没空调的两间有空调的。我慕名前来，正好碰到主人 Rocky 亲自接待，我们聊得很顺畅，所以我没看第二家就决定入住了。我挑了空调房间但说好不用空调，500 卢比外加无限免费的马萨拉奶茶。其实 Rocky 的房间本来就很棒，宽敞、干净、24 小时热水、速度不错的 WiFi，而且还有一顶干净的大蚊帐，凭此条件就是一分砍不下来我也不打算看第二家。

这附近最有名的餐厅叫 MangoTree，我看《走遍全球》介绍它的位置是在村子西边的一片香蕉林里。但刚从位于村子正中心的 Rocky 家出来，我就看到了 MangoTree 的招牌，当时我饿得都顾不上多想，直接进去点了招牌塔利。

塔利是一种印度的套餐，其实我一直都不太吃得惯塔利，但那天也说不上是对塔利的一贯不满还是对那份塔利的不满，总之由于味道不满意，心里便开始嘀咕，这该不会是进了冒牌餐厅了吧，MangoTree 不是在村外吗？不知道自己好奇心怎么那么重，为了解开心中疑惑，执着的我吃完还专程去了那片香蕉林一探究竟。

来到香蕉林的小路口时，发现有人在此拦路把守，我不禁想，难不成真是有恶霸冒名开店又封路在此阻拦游客？于是更加好奇。走到近前果然被拦下，守卫说：“找

MangoTree 的话在村子里，这里面有大狗不让进。”我随手指了指胸前的相机称想去河边拍照，守卫犹豫了一下但还是让我进去了，并叮嘱我别走太远，那大狗咬人。我心想，怕大狗伤人的话拴起来就是，何必还安排个人在此拦路呢？肯定有蹊跷。

一路上有个讨钱的小孩总黏着我，但走到香蕉林尽头时这孩子突然停住脚步，一副很害怕的样子，不肯再往里走半步。这时我才真的对大狗的说法有点相信，但还是被好奇心驱使仗着胆子走了进去。

在香蕉林的尽头我找到了 MangoTree，不过已经是旧址，原来真是自己想太多了。经主人介绍，村子里的餐厅确实是正宗的，为了方便游客就餐而搬的家。听到这，我不禁为他们惋惜。原来的 MangoTree 是一家坐落在河边香蕉林中的观景餐厅，想想在此等环境中就餐，无论吃什么都会让人心旷神怡，但现在搬到村子里后就要和其他餐厅平等竞争了，虽然交通比原来便利了很多，但凭他们家的烹饪水平很难说这是个明智的选择。据我分析 Trip Advisor 网站上的评价，恐怕大部分好评都是给那片香蕉林的。

另外，咬人的大狗也真实存在，幸运的是当时正拴着呢。离开时又远远地望了一眼大狗的獠牙，我才开始有些后怕，不过转念一想，好像我的好奇心比那硕大的獠牙更可怕。

又一次进了派出所

清晨 6 点，被外面刷刷的扫地声吵醒，推开窗户，我看到各家主妇正在清扫自己家门前的街道。有趣的是，清扫过后她们还会用粉笔在门口画上一个图案，有简单的只是多角星套个圆圈，有复杂的就像曼荼罗的样子。顺着街道望去，家家各不相同。我问过 Rocky 的父亲，他说：“这是一些印度教的标志，会带来好运。”

自从离开拉贾斯坦邦后，一直没再看到过这么印度教的地方，亨比就是这样一个地道、传统、原始的印度教村落。

其实，来印度前我对亨比完全没有任何概念，在瓦拉纳西火车站外国人售票厅排队买票时翻看了别人最新英文版的《孤独星球》，发现排名第一的目的地是一个完全陌生的名字，亨比。也就是在这样的机缘下才促使我走进这个小村庄。

亨比村是印度教最后一个王朝首都的所在地，当时叫胜利城，曾经繁荣一时，留下了众多印度教建筑精品。后来伊斯兰教势力入侵，把胜利城夷为平地后遗弃，形成了今天我们所看到的亨比遗迹群。但这些精美的建筑还并不是亨比最大的特点，这里最与众不同的则是石头。

亨比一带满是岩石堆，从巴掌大的石块到几人高的巨岩，从山上到河里满满地都是，就好像造物主将一座用岩石做的城市扔在了地下，摔得粉碎散落一地而形成现在亨比的模样。

亨比的主要遗迹群分南北两个庙群，实行单日通票制，所以一天要往返北庙群 5 千米，再往返南庙群 10 千米。大多数人会选择 TUTU 一日游或租自行车和摩托车，由于亨比乡村景色宜人，我则毫不犹豫地选择了徒步。

那天天气晴朗，虽然阳光强烈，但作为都市人能行走在蓝天白云、青草碧水间心情依然大好，不知道有多开心。一路上，我时而翻过巨岩，时而从岩缝间穿行，时而围堵羊群，时而静候飞鸟，走累了就坐下来看看猴子打架……自己走得不亦乐乎，花了正常速度一倍的时间才到达北庙群最精华的维达拉神庙。

亨比北线遗迹。

为了充分利用好手里的那张一日通票，中午回村子吃过午饭后我又往南庙群进发。上路前我也犹豫过要不要租车，但转念一想，还是走哪算哪更自由，累了搭车就好。下午这段基本都是柏油路，虽然远了点，但路畔风光还不错，我依然乐在其中。直到返程时才开始觉得累，于是我站到路边伸手搭车。在亨比这样的小地方搭车太简单了，岔路少可搭的车就多，生活节奏慢能搭上的机会就大。而且我一个人

也不用等汽车，随便路过个摩托车就能拉我回去。

那天车搭得出奇的顺利，我刚站到路边没半分钟便有一位穆斯林大哥开摩托车路过。但他只能搭我到一半，我们一边聊一边开，等他到站我刚下车还没站稳呢，后面就驶来一队骑警。于是后半程我是在警官的护送下进的村，又一次搭车搭进了派出所。

当时很庆幸没自己走回来，因为我刚进村子好天气就结束了，一时间阴云密布下起了瓢泼大雨。雨下了大概一个小时，雨过天晴后又看到了强烈的阳光，当时犹豫了一下，但我还是立刻整装跑去西边赶日落。很庆幸那天我没有偷懒，因为那晚的夕阳是我在亨比看到的第一次，也是唯一的一次夕阳。

莲花寺是一座印度教风格和伊斯兰风格相融合的建筑，是皇宫中的精华。

在亨比的山野间经常能看到羊群，但羊胆子很小，每次冲它们走过去时羊群都会赶紧避开，就像看见牧羊犬似的。这次运气不错，羊群没有绕开我而是从我身边经过。

没有自我介绍也没有告别

后面几天就没有那么幸运了，每次去徒步，我走不了几千米就开始下雨，完全阻挡了我探索的脚步。有一次趁雨停的间隙我去爬村边的马堂家山，这是一座由巨岩堆积而成、不算很高的石头山。但一场雨过后，让原本没什么攀爬难度的马堂家山变成了溜光的大滑梯。但这是几天来唯一一次西方没有乌云的傍晚，不上去碰碰运气实在不甘心，于是我很小心地摸上了山。山上没有其他人，北方天空中黑漆漆一大片甚是恐怖，但向西边望去云层中还能透出些光来，一副略有希望的样子，便决定在这里碰碰运气试着等日落。不料天气变幻莫测，我刚坐到一条大岩缝间忙着自拍，就听见西边雷声大作，猛然一回头发现四周乌云密布并渐渐向马堂家山聚拢过来。如果在下山前遇到大雨，我就只能钻岩缝避雨了，所以丝毫不敢怠慢，迅速而又格外小心地往山下蹭。幸亏下山及时，刚刚爬下岩石就开始下雨，我在山脚下的神庙里避过了最大的一阵雨后，蹚水回了村。

雨季拦住了我探索的脚步，也拦住了村子里其他人的脚步，自然而然地我们这些无所事事的人就凑在了一起，所以在亨比的大部分时间我都是忙着聊天，这也让我马萨拉奶茶无限免费的待遇得到了充分的利用。

最开始认识的是印度人 Deepak，我到 Rocky 家时他就住我对面的房间。Deepak 是基督徒，40 岁左右的年纪，高大魁梧，在班加罗尔的 IBM 工作。听说在印度做 IT 行业的一般都出自第二种姓刹帝利家庭，于是我试着证实了一下，果然他的出身也是。我问他如何从外观上区分婆罗门。他说：“婆罗门贴身带有几根细细的绳子。”说着用手从左肩比画到右侧腰间，然后补充道：“但是是在衣服里面，你从外面没法辨认，只能问。”后来经我自己求证，刹帝利也有这样的绳子，绳子的数量取决于婚姻状况、年龄等因素。

其实来自大城市的 Deepak 跟我们没什么两样，和传统的印度教教徒生活在两个不同的世界。Deepak 的英语非常好，后来我发现他跟客栈的小工也说英语，便很奇怪地问他："为什么跟印度人也讲英语？"他说："我根本就不会说印地语，只是能听懂而已。"听他这么说我才想起来，久闻班加罗尔是东方硅谷，英语是官方语言，果然如此。

Deepak 很羡慕我能到处旅行拍照，我说："你这么喜欢摄影，也可以改行啊。"他很理性地说："我只能把摄影当作爱好。"我很理解他的想法，这是现实，也是责任。

告别 Deepak 后，Rocky 家的就没有其他单身住客了。于是我便混迹于村口的小吃摊一带，结识了一些完全没有记住名字的家伙们：刚服完兵役的韩国小伙子、总抱着吉他的德国小伙子、每天都精心打扮的韩国姑娘、爱吃辣椒的德国经济学老师、在恒河游过泳的日本日语老师、可爱的日本幼教老师、憨憨的韩国化工工程师……我们经常围坐在路边的小吃摊前吃着 10 卢比的小吃，一边驱赶着馋嘴的圣牛和旺财，一边聊着旅行和人生，不知道什么时候就有人加入，也不知道什么时候就有人离开，没有过多的自我介绍，也没有刻意的告别。

在亨比的最后两天终于又碰到了同胞，浙江 24 岁的小情侣。他们双双辞职出来旅行，已经有三个月的时间，走过泰国、缅甸、斯里兰卡，来印度刚刚一周。我们聊天时，女孩已经有些想家了，她说不知道还能走多远。我问他们出来前是怎么计划的，男孩看了看女孩说："没什么特别的想法，反正也不着急选择，就计划出来玩半年。一年前买了机票，说好一起上路……"他后面说的是什么我并没有认真听，因为思绪还停在"不着急"三个字上，当时很是羡慕他们那份随意的心态。

想想也很有意思，Deepak 羡慕我暂时离开责任的自由，而我又羡慕他俩随意的心态。我想，其实我们之间差的大概并不是责任和心态。换一个角度去看这个问题，也许只是 40 岁羡慕 30 岁，30 岁羡慕 20 岁，这里差的不是别的，是时间。更准确地说应该是对时间的利用，过来人羡慕年轻人现在做了自己当年想做却没做的事情。希望我到 Deepak 的年纪回首这 10 年时，不会像现在这般去羡慕这对小情侣一样才好，现在还有时间。

独立电影人高然

高然，在亨比畅谈的日子里，他是我最重要的聊伴。高然是印度人，来自孟买，由于去过一次上海，所以有了这个跟印度名字发音相近但从来都不会写的中文名字。高然会用中文说“你好”“谢谢”“多少钱”“太贵了”“便宜点”，就凭这么几句，他在中国待了六周。

他说那次旅行中自己还去过一趟温州，去会一位网友，下大巴后便被出租车司机围住，但司机里没有一个会说英文的。他把准备好的中文地址递给司机，司机开价 200 元，他还到 100 元，结果上车后仅 5 分钟就到了。我很同情高然的遭遇，我们总抱怨人家的 TUTU 坑人，其实咱们的又何尝不是呢？

高然有个很有意思的工作，负责电影拍摄地的考察和选景。听说他是电影人，我便好奇地问：“你最喜欢哪国电影？”我本以为他会像其他印度人一样回答：“印度。”但他没有，而是说：“各国的我都看，最近看了部中国电影。”

其实我最想知道的是作为一个印度电影人的他，对宝莱坞电影的看法，他说：“宝莱坞电影太吵了，剧情弱、动作假，老实说我并不喜欢。”我点点头追问道：“那为什么印度人都那么喜欢呢？”他说：“喜欢宝莱坞电影的多是劳苦阶层，平时生活很辛苦，所以他们花钱买票希望能看到的是让自己开心的东西，尤其是在现实中不可能的、让自己暂时忘却烦恼的，比如浪漫的情节、强大的英雄、欢乐的歌舞，一切一切美好的东西。”

我觉得他说得很有道理，但由于自身英文水平的问题，我无法跟他更深入地讨论，只是表示了认同，然后我又问了他好多其他问题，高然很有耐心地一一做了解答。

“你是印度教教徒吗？”

“是的。”

“哪一个阶层呢？”

高然笑了笑说：“第二个阶层。”

“在孟买这种大城市，不同阶层的人是怎么在一起工作的呢？”

“在城市里人们不太在意阶层，相互不会去问，这样问的话会感觉很奇怪，但在小地方不一样。小地方的人们虽然表面上也不说什么，但如果你阶层低，我阶层高，你要约我，我可能就会说忙没时间之类的，相互不大来往，大概就是这样。”

我又接着问：“现在这么现代化的社会，低阶层的人也能得到很多信息，那他们现在是怎么看种姓制度的呢？”

高然想了想，说：“只能接受现实吧，一切都是命中注定，既然神这么安排了就接受，生命是轮回的，这辈子多做好事，下辈子会更好。”

“那你怎么看呢？”

高然说：“我在高阶层，所以无所谓，我不看不起别人就是了。”

可能是他看我对印度教很感兴趣便继续给我讲，但我的英文水平不能完全理解，大致意思是：一个灵魂可以轮回七世，每个人都不知道现在是哪一世，所以要好好积攒业报……由于当时我没听太懂，所以没追问他七世之后会如何。

然后他给我讲了一个故事：他曾带着一队法国摄制组在瓦拉纳西拍摄纪录片，在恒河划船时突然有一股焦煳味飘来。法国人开始还以为是胶片着了呢，后来发现并不是，因为这味道太难闻了，船上有个巴巴若无其事地说："这是灵魂的味道。"一边说一边还吃着东西。法国人当时很不能理解，怎么一边闻着烧尸的味道一边还能吃下东西？

高然对我解释道："在我们眼里，死亡并不是结束而是另一段的开始，是生命的一部分。把尸体或骨灰放入恒河是为了让里面的灵魂得到转世，人也好，圣牛也好，都是一样，说不定你今天送走的圣牛下辈子就转世成你的子女。"

我很喜欢他的故事，听他提到圣牛，我又问他："圣牛为什么有这么高的地位？"他就给我讲：上古时代生活环境恶劣，人们都吃不饱穿不暖，于是神就为人们造了牛，喝牛奶可以充饥，烧牛粪可以取暖，所以人们便会善待这神的恩赐。

然后我又问到乞丐："为什么印度乞丐要东西，要得那么理所应当呢？"高然又给我讲了一个故事：从前有位财主很虔诚，每日敬神拜神，祈求神明现身，希望能供养神明。神为他的虔诚所打动，于是同意明天去他家。财主很高兴，从第二天早上就一直在门口恭候着神明，但等了一天也没看到任何人登门，只有一个乞丐过来乞讨。财主怕冲撞神明赶紧轰走了乞丐，但最终也没等来神。第三天财主又跑到神像前，问神为什么没来，神说："我来过了啊，但你把我轰走了。"财主哑口无言。

然后高然补充道："所以要敬畏神，善待一切，自己足够的时候力所能及地帮帮不如你的人。"听他这么一说，我立刻检讨了一下之前自己的表现。

因为说到神的化身，我便问他："印度教中拜不同的神有什么含义吗？"

高然："有啊，比如拜哈努曼的，一般都是单身主义者，这跟神的特性有关系。"

然后我又想起只会英文的 Deepak，便问："听说印地语在南印并不普及是吗？"

高然："是的，其实印度是由很多邦组成，每个邦都有自己的语言和文字，为了便于沟通，政府一直在推广印地语和英语。”

一时间我想不起什么问题了，我们便相视一笑，后来高然率先找到了话题，主动说：“很多外国人都不太理解印度，觉得有些事情很奇怪，但其实印度有自己的道理，比如阿育吠陀、瑜伽，这都是印度古老的科学。”我很认同他的观点，这就像西方原来不理解中医、刮痧、针灸是一个道理。然后，他又继续说道：“比如印度人蹲着大便，实际上蹲姿更有利于排便……”我点点头表示认同，他也越说越起劲，又主动给我讲阿育吠陀：“阿育吠陀有一个基础理论，能量是流动的，比如为什么吃饭要用手？因为人身体上有很多能量点，我们拿起食物能量传递到食物，吃进去后又摄取回来；再比如印度人总光着脚，这样人体可以和大地间进行能量互动；还有印度出入庙门经常用手触摸地面，这也是尊重和祝福的表示。总之，印度人喜欢这种能量的流动，所以人与人也是通过直接触摸来表达祝福。”

我记得我那天问的最后一个问题是关于克久拉霍的，高然的说法是这跟宗教无关，是国王的爱好而已，就像专家传授经验一样。至于人兽呢，算是专家的探索和研究吧。

虽然那晚我们只是瞎聊，高然的故事也并不都那么严谨，但我还是觉得收获很大。能碰到他真是自己的运气，就好像是缘分在我快要离开印度时特意安排了这样一位答疑人，为我扫除心中的疑惑。

临走时，我在大塔前又碰到了之前徒步时认识的小白狗。一看见我它就飞扑过来，在我米色短裤上拍了两个小泥爪印，旁边的印度人看见赶紧呵斥它。我低头看看泥脚印又看看它，想起昨天高然的话，就当这是它给我的祝福吧。

迈索尔。

莫名其妙的大合影

清晨我被大批下车的乘客吵醒时，发现火车已经停靠了南印最大的城市班加罗尔。这样的大城市从来就不合我的胃口，我的目的地是迈索尔。由于昨晚睡眠质量不佳，很想再重回梦乡，但努力了好一会儿才意识到自己完全无法再入睡，这才决定下车去买早点。

班加罗尔果然是大站，我走了大概八九节车厢的距离，终于碰到第一个食品摊。因为是逆着车头方向走的，路上心里一直嘀咕万一中间要开车了可就比较麻烦了……有些事就是不经念叨，正掏钱的时候火车便开始鸣笛，我还没决定要哪个口味的酸奶呢就发现身后的火车开动了。由于不确定不同等级车厢是否相通，所以我丝毫不敢怠慢，抓起早点立刻往回飞奔。还好火车速度不快，终于在火车离开月台前跳上了车，总算有惊无险地吃上了来之不易的早点。

临近中午到达迈索尔，本想坐公交车去 2 千米外投宿，结果在车站问了半天才知道根本没有直达车。2 千米不远不近的，让我有些犹豫，但由于我实在不想跟 TUTU 司机讨价还价，还是决定背上所有身家步行上路。

途中问路时碰到一位同路的老者，我们便结伴边走边聊。他说他在海关工作，现在是去上班的路上。我一看表这都已经 10 点了，便问他："那您几点上班啊？"他笑了笑没说话。我想我就不用再问了，印度这么松散的国家，这还算是问题吗？

没想到那天的 2 千米路走得那么艰难，尤其是最后 1 千米，居然全是上坡路。自从出了最黑的火车站区域，我就很想坐辆 TUTU，却再也没有看见一辆路过的。我的大包出发时是 20 千克，后来重量一直在攀升，现在具体有多重我也不清楚，只知道背着它走路毫无幸福感可言，更不用说持续地上坡。等到达目的地时，我感觉好像已经用掉了所有的力气。

我投奔的这家是个新开的小酒店，叫 Blue moon，我是因为评价不错才慕名而来的。房间等级相当于国内的快捷酒店，所以在印度至少值 700 卢比吧，但前台开价就是 1500 卢比，而且丝毫不让半分，这让已经非常疲惫的我很是为难。幸运的是在前台蹭网时发现网上有优惠活动，我就当着前台小伙子的面以含税 430 卢比的价格成功入住。Blue moon 房间干净，设施也齐全。唯一有点小问题的是午觉时会被清真寺的广播吵醒。

来迈索尔前联系上了果阿认识的美国小帅哥 Dan，我们约好一起参观大皇宫，但他晚我一天到，所以第一天我只是自己随意逛了逛，在大皇宫外围拍了几张照就回去了。

迈索尔的街貌和斋浦尔很像，就连这里的商铺也很类似，在迈索尔看到的珠宝店甚至比我在有“宝石加工中心”之称的斋浦尔看到得还多。走在珠宝店林立的大街上，家家门口都有位威武的保安，相当有安全感。

看腻了珠宝店，我就钻到了小巷里。路过一家肉铺时被屠夫小哥拦下，我很不理解：我像是会买生肉的吗？可能这小哥只是为了开心吧，很快就把路让开了。我转念一想，碰上也是缘分，于是掏出相机给肉铺小哥俩拍了几张照才走。

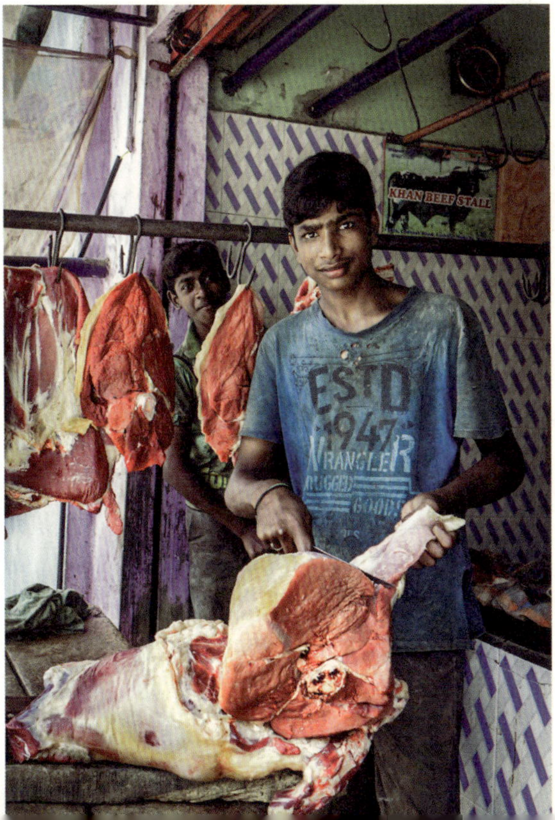

我住处附近有一座大教堂 St. Philomena's，在当地很有名，但很奇怪的是，《走

遍全球》却完全没有提到。这好像是我在印度看过的最有气势的大教堂，纯正的哥特式建筑，气势恢宏。从历史上讲应该也很悠久，因为后来我在大皇宫的壁画上也曾见过这座大教堂的身影。

在我眼里 Dan 就是典型的高富帅，因为无论玩什么、吃什么好像都没见他砍过价，潇洒得很。第二天一早高富帅到达后，我便拉他一起去吃平民早餐。我们去的是一家叫 Vinayaka Mylari 的小店，狭长的小店里只有五张双人小桌，在里面转个身都挺费劲。

小店有远近闻名的印度传统早餐 Dosa。Dosa 很像法国的 Crepes（法式煎饼），不过夹的不是香蕉、巧克力，而是马萨拉，Dosa 好不好吃关键就看这个马萨拉调的怎么样了。客观地讲，在这之前我对 Dosa 已经失去了信心。这次完全是因为小店超高的人气才说服自己再次尝试。

我们先要了两个马萨拉 Dosa，我刚喊完要餐具，再回过头时，看见 Dan 已经开始用右手涂黄油了。看他吃得这么香，我也按捺不住，赶紧入乡随俗抓起 Dosa 就往嘴里送。体验过用手抓食进餐后，我发现这种方式也有几个优点，首先五根手指就是比两根筷子更灵活，其次用手吃起东西来感觉更香，还有最重要的一点是肯定不会再烫到嘴了，不过烫手还是免不了的。

Dosa 的味道确实非常赞，初次入口时只能觉出火辣，等味觉适应了这辣度后，其他香料的回味就能慢慢品出来了。这里特调的马萨拉夹心果然名不虚传，一下便重树了我对 Dosa 的认识。Dan 也对此赞不绝口，一口气吃了六个。后来我才听说迈索尔的 Dosa 本身在全印度就很出名，更不用说这家在迈索尔都如此受欢迎的 Dosa 老店了。

饱餐后我们步行到达大皇宫。大皇宫不愧是南印旅游资源的精华，这里人流密集程度已经可以堪比泰姬陵的陵寝或瓦拉纳西的夜祭，只能用摩肩接踵来形容了。进皇宫前趁着大皇宫正面广场上难得没人，我赶紧跑过去拍大皇宫全景。谁知我们刚刚站定，就有热情的印度人过来要求合影，而且是拍完一个又来一个，后面还有好几个没想好要不要凑过来但又蠢蠢欲动的感觉。我一看这架势便放下了相机，大声招呼后面所有人：“来拍合影！”在我的招呼下，原本犹豫的赶紧都聚拢了过来，还有几个从老远跑过来凑热闹，瞬间我面前就站定了十几个人。就这样，一堆互不相识的陌生人拍了张莫名其妙的大合影，让我不得不赞叹，印度人的热情啊。

洋葱酸奶

迈索尔王朝曾经一度是南印最强大的印度教政权，王宫的奢华程度自然不是一般城市宫殿可以比拟的。现在的迈索尔宫殿是在原木质结构宫殿被烧毁后的原址上重建的，新宫殿采用了印度—撒拉逊风格建筑，无论是规模还是豪华程度都比原来提升了很大一个档次。

迈索尔皇宫的陈列不亚于任何一家博物馆，但可能是和展品距离的原因，我还是更喜欢这座漂亮的大房子。除了漂亮的婚庆大厅外，让我印象深刻的还有公众会见厅的两扇大门。这是两扇紫檀木的大门，整门的白色镶嵌花纹配上漂亮的木质纹理显得气势非凡。起初我还幼稚地以为这白色的镶嵌物是贝壳什么的材质，直到看清上面交叉的纹理才恍然，这是整门的象牙啊。确实，也只有象牙才配得上这里的皇家威仪吧，只是血腥味重了点。当时我和 Dan 就像门神一样在人流中分别俯在两侧门板上，看了许久才进入公众会见大厅。

可能是迈索尔皇宫开放的面积并不大，很快我和 Dan 就走到了出口，但意犹未尽的我们对视了一眼，很默契地又逆着滚滚的人流走回到了入口，随着语音导览再次参观了一遍。总之，迈索尔皇宫的精美、华贵完全值得我专程来此参观。

离开皇宫时我们碰到了一个意大利小伙子，他问我们要不要一起拼车去森林看大象、鹿等野生动物。我是一向坚守自己行程的，即使那天下午除了美术馆外我并没有其他安排，但贪玩的 Dan 还是被他拐走了。

与 Dan 分开后，我独自去了附近的 RRR 餐厅吃美味的羊肉饭，这是我第二次光顾这里。第一天来时这里还没营业，我就坐在门口等位区域休息。在服务员把餐厅打扫干净，桌上铺好蕉叶，一切都就绪后，店主并没有立刻招呼大家开始营业，而是先在门口的神像及家人的牌位前点上香，开始了祭神、祭祖仪式，动作和恒河夜祭神似，只是相对简单很多。短暂的仪式结束时，烟雾已经飘满整个前厅，这时餐厅才开门营业，门外排队的第一拨食客就在这缭绕的烟雾中涌入了餐厅。

很快餐厅就坐满了，我挑了门口的位置和其他三个印度人一桌。这是一家传统的印度餐厅，招牌菜是羊肉饭和鸡肉饭。我第一天尝试的是羊肉饭，每份饭上来时都会配上一份洋葱酸奶（Curd）、一份咖喱汁、一份炖菜之类的，有点像塔利的配菜。看我是外国人，服务员主动给我拿了一把勺子，而印度人的吃法则是把饭倒到蕉叶上，然后用手抓起配菜和调料就开始拌饭。大家的口味各不相同，有拌咖喱的，有拌酸奶的，也有都拌的，然后所有人都开始持续地抓啊抓啊，抓得稀烂，几乎到了都不用嚼的程度，还不停手。他们虽然还没停手，但我实在是看不下去了，便赶紧低头吃饭。

羊肉饭很像新疆的手抓饭，米饭柔软入味，羊肉鲜嫩可口，感觉油腻了就喝上一口洋葱酸奶，立刻就会清爽很多。回想当初在加尔各答对洋葱酸奶看都不看的我，没想到现在也能吃得这么起劲。后来服务员看我很喜欢洋葱酸奶的样子又免费送了我两个。这样一顿美味的传统印度餐只要 125 卢比，所以第二天我又回去品尝了鸡肉饭。

下午的安排很松散，只是参观了皇宫附近的美术馆。这座美术馆原本是皇家在旧迈索尔皇宫烧毁后新皇宫竣工前的住所。和大皇宫不同，美术馆里很安静，在这里走走坐坐都是不错的享受。

金奈。

面朝大海

来印度的时间也不短了，但有一件事情是我一直都搞不定的，就是让 TUTU 打表。对于我来讲，如果每次坐 TUTU 都不用交涉价格，上车打表就走的话，在印度的生活就很完美了。而事实上，在印度期间肯为我打表的 TUTU 司机屈指可数，而且每次都伴随着大量的谈判和长时间的等待及各种随机因素，才能找到这么一辆打表的 TUTU。从我有限的成功经验来看，好像有一些因素是有助于提高成功率的。

首先是要找对人，就我个人经历而言，锡克教和穆斯林这些非印度教的司机相对会更好说话一些；同时，如果自己能准确地用当地发音说出目的地地名会很有帮助，这样可以坐那些原本只做本地人生意的车，一般他们比会点儿英文的司机要本分许多。

此外，还要掌握一些方法，比如“大数法则法”，就是像过筛子一样询问每个司机，数量够大时总是会成功的。但当街上车辆数量过少无法使用第一种时，就只能用下面这招了，“打死也不下车法”，顾名思义就是上了车不打表开车打死也不下车，当路上没车也只能用这种办法来挑战每个司机的良心极限了。总的来说，这两种方法无论哪种，都是非常需要耐心及决心的，实话实说每次操作起来都很劳心。

还有一种方式我没尝试过，但很容易操作，就是跟司机去逛购物店，有时车资都能免。我是觉得这种方式太浪费时间，完全违背了我个人打车的初衷，所以没尝试过，但不见得不适合其他人。比如老虎就给我讲过，他第一次来印度时曾跟着司机逛了一天的购物店，不仅没花钱，最后还从司机手里分到了回扣。

总之，打 TUTU 这件事就从来都没让我觉得轻松过，所以 3 千米以内我都是毫不犹豫地选择步行，3 千米以外没有公交车的话，我宁愿搭车也懒得跟 TUTU 司机多费口舌。

搭车这种方式在小村庄甚至城市的郊区都还算好用，而在大城市里则完全不同，因为城市里岔路太多，很难搭到线路完美匹配的顺风车。我在金奈两次搭车的经历就都很失败，由于没沟通好路线，一不小心便躲开了路上所有的景点。

玛丽娜沙滩是我目前见过的最宽的一个沙滩，从马路穿过沙滩走到海边我就走了两三分钟，顺着海边看过去也是一眼望不到边。我在沙滩上观察着每个人，想找一个无宗教信仰的年轻人拍一张照片。

但那天并没有那么顺利，我在沙滩上走了一个下午，问到的人里除了个别基督徒外，一半是穆斯林，一半是印度教教徒。几个小时后我才想明白一个问题，在印度这样宗教色彩如此浓厚的国家，生在基督教家庭就是基督徒，生在伊斯兰教家庭就是穆斯林，生在印度教家庭就是印度教教徒，从一出生每个人都会有自己的归属。就凭我这么一个陌生人在路上瞎问，谁又会跟我坦白实情呢？想到这里，我才理智地放弃了。

在沙滩上我一路总能看到四处乱跑的狗和狗屎，开始我也没太在意。直到走到沙滩最南端的渔民聚居地时，我发现每隔十几米就有一个人面朝大海蹲在沙滩上如厕。我才恍然原来一路上看到的并不是……想到这里，一切兴致荡然无存，赶紧穿上鞋迅速离开了沙滩。后来跟好兄弟元聊到这里时，他说："在非洲，人们也这样，不同的是他们是背对大海。"没想到这还真是风土人情各不相同啊。

漫步在圣乔治堡，就像在逛大学校园，这里既忙碌又安静。忙碌是因为现在这里也是邦政府的办公地，城堡里四处都是往来的军官和公务员；安静是因为就我一个游客，而且也不会有任何人来打扰我。

在城堡里闲逛时，我找到一家卖马萨拉奶茶的小店，门口围着几个西装革履的公务员，他们一边喝茶一边聊天，我也凑过去买了杯还烫手的奶茶站在一旁边吹边喝。可能当时是有点渴了，三下五除二我就喝完了手里的奶茶，再抬头时发现身边的印度人正用很诧异的眼神看着我。看他们手里还拿着滚烫的奶茶不知道怎么下嘴的样子，我猜八成是很不理解我是怎么把这滚烫的东西迅速喝完的。我心里暗暗好笑：一直都是我们觉得印度人不可思议，终于也有你们觉得不可思议的事了吧。又给他们“表演”了一杯后，我便扬长而去。

除了逛博物馆，城堡里还有一个对外开放的景点圣玛丽教堂。这是印度最古老的英式教堂，院子里铺满了带有古老花纹的石砖，凑近了细看才发现这些都是墓碑。从模糊的铭文依稀能辨认出年代均在16世纪末17世纪初，也就是英国人刚到印度的年代，所以这下面安葬的可能就是英国第一批来印度的开拓者吧。

我在金奈住的是救世军红盾学校的教师宿舍，临走时我清理出一些物资，找了个在路边睡觉但毫无遮盖的人，放在他身边就赶紧离开了。手里还剩了一些国内带过来的剪纸，便拿给宿舍里的牧师教师，托他转交适合的小朋友，结果他还是硬拉我去了校长室。记得上次去校长室都是十几年前的事了，没想到都30岁了又被校长接见。

校长问我：“给什么样的孩子呢？表现好的吗？”我迟疑了一下，说：“不，感兴趣的就好。”

用一半生命去上班

金奈是南印的重要交通枢纽，原本到这里是为了坐船或飞机去斯里兰卡。说也奇怪，冥冥之中好像跟斯里兰卡的缘分总是差了那么一点点。除了不久之前和阿桂一起买过一张机票外，两年前还买过一次票，但临出发前几个月该航线莫名其妙地被宣布取消，所以那次不得不改飞印度尼西亚。而这次更是接近，都隔海相望了，但最终我也没能踏上那座岛屿，因为桃子表示希望以后能跟我一起去。就这样，第三次又与斯里兰卡擦肩而过，真不知道什么时候才能等到斯里兰卡的缘分。

由于当时并不想回头去科钦，所以去哪的问题就交给航空公司了。我当然没有直接跑去机场，把护照和信用卡往柜台上一拍问：“下班飞机飞哪？”……这浪漫的说

走就走的玩法只是土豪的游戏，我则猫在商场大厅的长椅上蹭网，看去哪的机票最便宜就去哪。最后我飞的是曼谷，不仅机票便宜，正好还能赶上泰国免签证费，又可以省 230 元。

可能是有些疲倦，在泰国我基本没怎么去玩，懒散在清迈的一家小客栈里，每天无非是虚度光阴而已，没有什么特别的。

虽然我这次出行时间并没有多长，但一路上国内的朋友们问我最多的问题还是：“你什么时候回来啊？”我总半认真半开玩笑地回答：“等想好了回去干什么，就回去了。”一转眼，半个月的签证期就到了，直到该离境的时候我脑子里依然没有浮现出任何答

案的踪影。

外面虽然精彩，但毕竟不再是贪玩的年纪，旅行不是为了逃避生活，而是为了回去更好地生活，为了寻找属于自己的生活。所以最后还是回去了，但我没有着急上班。

我上班大概有七年时间了，每天基本都要花掉十多个小时，这就相当于在上班这件事情上我投入了将近一半的生命。我不知道这是否值得，也不知道改变这种方式是不是真的可行，会不会十年后因生活潦倒而悔恨当初……老实讲，我还不知道回去后具体要干些什么，但有一件事我觉得自己还是想清了：30岁后，我希望能拿自己这一半的生命做些有意义的事，不再只是挣钱这件事。也许接下来的生活会艰难一些，但不试又怎么会知道值不值呢？

后 记

信仰之地

印度，当之无愧的信仰之地。这片土地就像宗教博物馆，不仅传承着最原始、最古老的本土信仰，也曾孕育出影响了全世界的佛学思想，同时这里也接纳了伊斯兰教、基督教等外来者，使其在此生根发芽，甚至开花结果，与这里的土壤融为一体。在印度，随处可以领略到这些宗教的魅力，随时可以见到虔诚的信徒。印度人的信仰就是如此，是虔诚的、智慧的，也是极度包容的。和这里五颜六色的街道一样，印度浓重的宗教色彩就是如此多姿多彩。

耆那教

耆那教是历史上最悠久的宗教之一，起源早于佛教，但在今天的印度，其教众仅占总人口的 0.4%。图中是千柱庙的祭司和第 23 代蒂尔丹嘉拉（Tīrthaṅkara）的石刻。蒂尔丹嘉拉可以简单地理解为开悟者，历史上共出现过 24 位蒂尔丹嘉拉。历代蒂尔丹嘉拉的雕像多为裸体像，这和该教教义中“脱离束缚，不执着于物”的思想有很大关系。

佛教

佛教虽然缘起印度，但在历史的洪流中，经历了印度教的融合和其他宗教对佛教圣地的毁灭，佛教在它的发源地逐渐落寞，现在本土的信徒数量仅占印度总人口的 0.8%。即使在菩提迦耶这样的佛教圣地，我也花了近四个小时的时间才遇到这一位印度僧人。这里的僧人大多数都来自外国。

锡克教

图中是盛装的锡克教教徒与金庙。锡克教男子的装束上有五个明显特征，也被称为5K(首字母都是K)：蓄发戴头巾、短裤、发梳、钢镯、短剑。从装束上便可得知锡克教有尚武的传统，但锡克教并不主张争强好胜，更不主张扩张而冲击其他宗教。锡克教教众数量仅占印度总人口的1.9%。

基督教（广义）

帕纳吉教堂是目前果阿地区最重要、最活跃的教堂之一，1541 年由葡萄牙殖民者修建。基督徒占印度总人口的 2.3%，但果阿和印度其他地区大不相同，基督徒占此地总人口的比例高达 30%。图中是身着白袍的教区神父 Fr.Cleto Pereira。神父以白袍作为盛装的传统可以追溯至古罗马时代。

伊斯兰教

阿格拉的贾玛清真寺是印度最大的清真寺之一，而阿格拉自阿克巴大帝时代起就是伊斯兰教势力集中的中心。15、16 世纪，伊斯兰教势力建立的莫卧儿王朝几乎统治了整个印度半岛，直到殖民时代的到来。巴基斯坦独立后，伊斯兰教在印度总人口中的比例就降到了 13.4%，但它仍然是印度的第二大宗教。同泰姬陵一样，贾玛清真寺的建造者也是莫卧儿王朝的皇帝沙贾汗，深得伊斯兰建筑之精髓。由于交通不太便利，虽然贾玛清真寺就坐落在阿格拉堡旁，但远不如名字相似的红堡旁的贾玛清真寺热闹，参观时我没有碰到任何其他游客，和前来礼拜的穆斯林一起领略了这座古老清真寺的魅力。

印度教

印度教是印度最主要的宗教，印度教教徒占印度总人口的 80.5%，从数量上讲也是全球第三大宗教。印度教起源于古老的婆罗门教，融合了佛教和耆那教的思想而形成。

去印度前我曾计划分教派对印度教教徒和其圣地进行探访，但当我真正身处印度，与印度教各教派教徒接触后，才意识到是自己太过执着了。印度教教徒并不太在意所谓的教派，无论是拜毗湿奴还是拜湿婆，对他们来讲都是神或神的某种存在。印度教教徒不仅看待自己的诸神如此，看待其他宗教也是如此淡然。无论是何种宗教，都是在追寻真理，传播善良，只是方式各不相同，仅此而已。